KB132827

일흔 일곱에 나와 마주하다

곰곰가족문고001
일흔일곱에 나와 마주하다

초판 1쇄 발행 2022년 6월 20일

지은이 **김세호**
펴낸이 임현경 책임편집 홍민석 편집디자인 김선민

펴낸곳 **곰곰나루**
출판등록 제2019-000052호(2019년 9월 24일)
주소 서울특별시 양천구 목동서로 221 굿모닝탑 201동 605호
전화 02-2649-0609
팩스 02-798-1131
전자우편 merdian6304@naver.com
인터넷 카페 https://cafe.naver.com/gomgomnaru
유튜브 채널 곰곰나루

책값 23,000원

ISBN 979-11-977020-8-2 03810

곰곰가족문고001

일흔일곱에 나와 마주하다

김세호 지음

곰곰나루

차례

제1부
시와 에세이

제2부

나의 그림 작품들

제3부

축하 작품들

제4부
출간을 축하하며

저자의 말

제1집인 『일흔에 아홉 살 꿈을 이루다』가 출간된 지 7여 년의 시간이 흘렀습니다. 이후 조금씩 우리 가족에 대한 이야기를 글로 표현한 것이 모여 『일흔 일곱에 나와 마주하다』라는 제목으로 제2집을 출간하게 되었습니다. 이 책이 출간되기까지 애써주신 많은 분들에게 지면을 통해 먼저 감사의 인사를 드립니다. 특히, 편집 관계자 분들과 저의 글이 돋보이도록 그림을 그려준 구나나 작가님, 나와 같이 수정 작업을 한 직원인 추은지 사원 그리고 협조해주신 지인 여러분께 다시 한 번 고개 숙여 감사를 드립니다.

그간 공직생활 10여 년, 회사를 설립하여 직원들과 동고동락한 세월이 40여 년, 어느덧 팔십 고개 마루에 오르고 있습니다. 손녀 손자들과 웃고 떠들던 시간, 최근 반려견 Latte와 같이한 1여 년, 꿈인지 생시인지 분간하기 어려운 아련한 추억들…. 이외에도 많은 일들이 제 곁을 맴돌고 있습니다.

인생을 굳이 크게 구분한다면 '나를 위한 시간', '가정과 직장을 위한 시간', 그리고 '사회와 국가를 위한 시간' 이렇게 3단계로 나누고 싶습니다. 이제 마지막 3단계인 '사회와 국가를 위한 시간'에 무엇을 어떻게 할지를 고민할 때입니다. '사람 속에 섞여 있는 여든여덟'이란 주제로 작은 배려, 작은 사랑, 그런 것을 만들어가고 싶습니다.

우리 소민이가 “세상 모든 훌륭한 사람은 왜 자기 자신보다 사회와 국가를 위하여 싸우다 죽어 갈까요?”라며, 할아버지도 그런 사람 같은 느낌이 있다고 한 적이 있습니다. 그 말을 듣는 순간 가슴에 닿은 미안한 느낌을 잊지 못합니다. 아! 그 미안함을 해소하는 여생이 되어야겠다고 생각했습니다.

앞으로의 여생 열심히 일을 하고 돈도 많이 벌어서 배려와 작은 사랑이라도 할 수 있는 기회를 만들고 꼭 실천하리라 다짐해 봅니다. 사람들 속에 섞여 같이 고생하고, 같이 느끼고, 같이 사랑하는 마지막 여정을 걷고 싶습니다. 그러한 일들이 조금씩이라도 이루어지면 작지만 예쁜 조약돌 같은 이야기를 만들어 앞으로 제3집 『사람들 속에 섞여 있는 여든여덟』이란 책을 만들고 싶습니다.

저쪽에서 Latte가 긴 다리로 ‘촉-촉-촉-’ 재빨리 내게 걸어오고 있습니다. 나는 비록 느리지만 최선을 다해 사랑과 배려의 길을 마련할 것입니다. 내가 지치지 않고 걸어갈 수 있도록 응원해 주시기를 부탁드립니다. 감사합니다. 크고 있는 나의 나무를 위하여(For my tree)!

2022년 6월

제1부

시와 에세이

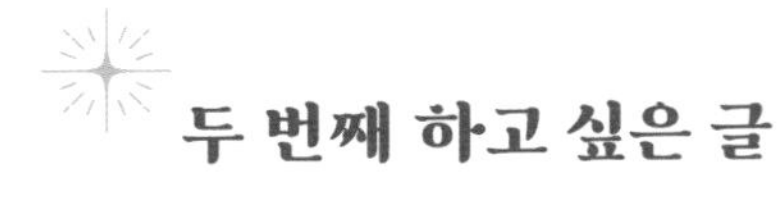

두 번째 하고 싶은 글

2015년 3월 「일흔에 아홉 살 꿈을 이루다」를 출간한 지 많은 시간이 흘렀다.

세월은 덧없는 것인가?

인생에 있어 세월은 무엇인가?

지나가는 것인가?

변화인가?

수없이 스쳐간 인연들.

가물가물 잊혀져 가는 추억 속에 "꼭" 다시 만나 이야기를 하고 싶은 사람.

그리고 그의 이야기,

마음 한구석 깊은 곳에 용솟음치는 무엇을 일흔일곱 마당에 작은 잔치를 할 수 있겠지?

리오 크리스토퍼가 "There is only one thing more precious than our time and that's who we spend it on(시간보다 소중한 오직 하나는 시간을 함께 보낸 사람이다)."라고 한 것처럼.

내 마음이 모아지는 작은 마당에 일흔일곱 명의 친구가 있으면 참 좋고, 더 많은 친구가 모이면 더더욱 좋고 부족하면 부족한 대로 진실이 솟은 웃음으로 마련하고 싶다.

잠시도 그냥 서 있는 내가 아니기에 다시 한 번 설친다.

이번 기회에 외국에서 나를 만난 친구도 다시 보고 싶다.

가슴이 갑자기 두근거린다.

아직도 더 많이 움직이면서 살고 싶은가 보다.

저 멀리 여명이 다가온다.

이 새벽이 거치면 찬란한 아침 햇살이 나를 보겠지.

살아온 대로

또 그렇게 가자.

어느 새벽에

일흔일곱에 나와 마주하다

돌이켜보면 나의 유년 시절은 시골에 사는 다른 친구와 별 차이가 없는 것 같지만, 조금은 특이하고 별난 성격도 있었다. 무엇보다 태어날 때부터 순탄하지 않았던 것이 사실이다. 아버지가 돌아가실 때, 나의 존재는 세상에 있지도 않았다. 아버지의 죽음도 갑작스레 일어났다고 하니, 아마 심장마비가 아닌가 생각된다. 아버지가 돌아가신 지 얼마 되지 않아 삼우제를 지내고 오신 어머니는 갑자기 구토 증세를 보였다고 한다. 몸에 이상이 있어 혹시 임신이 아닌가 의심했고, 차츰 몸에 변화가 생겨 유복자를 낳을 준비를 하셨다고 한다. 위로 누이가 세 명이 있는데 또 딸이면 어쩌지 걱정하던 중에 내가 태어났다.

초등학교 시절, 우리 집과 학교는 높은 고개를 넘어 약 3km 거리에 위치해 있었다. 당시에는 겨울에 눈이 많이 내려서 통학을 하기가 쉽지 않았다. 고개를 넘을 때면 그 길이 음지인 까닭에 봄이 될 때까지 항상 얼음이 가득 찬 도로였다. 눈이 내리는 날에는 친구들과 책보를 눈 위에 깔고 신나게 타고 내려갔던 기억이 난다. 같이 가던 누나들은 그러다가 몸이 다친다고 큰소리 치며 화를 냈다. 학교가 끝나면 친구들과 나뭇가지를 꺾어 불을 지피고 논에서 미꾸라지를 잡아 구워 먹다가 선생님께 호통을 들었던 추억도 아련하다.

초등학교를 졸업하고 다른 친구들은 부모님을 도와 농사일을 했다. 그러나 어머니는 고등학교까지는 배워야 한다고 말씀하셨고, 덕분에 중학교에 진학하게 되었다. 어머니는 어려운 상황 속에서도 열심히 일을 하셨다. 나는 하숙을 하는 것은 꿈에도 생각할 수 없었다. 겨울에는 하는 수 없이 자취를 하더라도, 해가 긴 봄이나 여름에는 통학을 하였다. 집에서 버스 타는 곳까지 4km, 버스에서 내려 학교까지 3km, 왕복 14km 정도는 매일 걸어 다녔다. 바람을 제치고 자전거를 타는 친구를 보면 너무 부러웠다. '자전거를 살 수 있는 부자는 얼마나 부자일까?' 생각했는데 지금 생각하면 참 우습다.

그러다가 중학교 2학년 때 영양실조로 결핵에 걸려 일년 반 동안 아무도 모르게 오직 어머니와 나만 알며 치료했던 시절이 까마득하다. 그 시절에는 결핵이 전염병이라 결핵 환자는 격리되었다. 심하면 국가에서 어떤 섬으로 보낸다는 소문이 있어서 쉬쉬했던 것이다. 다행히 일년 반 동안 치료를 받고 완쾌했다.

학창 시절, 삼삼오오 모여 국화빵을 사먹는 친구들이 부러웠다. 나는 집에 갈 때 버스를 타지 않고 돈을 모으고, 학년에서 일등을 하면 사친회비가 면제되니, 밤낮 공부해서 일등도 하였다. 엄마가 준 사친회비와 버스비 아낀 것을 합하여 국화빵을 사먹었던 일… 아까워서 한입에 먹지 못하고 쥐똥만큼씩 먹었던 일… 그 맛이 얼마나 좋았는지…?

참 꿈만 같은 추억이다.

고등학교 시절, 나는 대학을 못 간다는 생각에 공부도 하지 않고 세계 위인전이며 유명한 소설들을 많이 읽었다. 어느 날은 학교를 가지 않고 군청 도서실에서 온종일 책을 읽은 기억도 있다. 고등학교를 졸업하고 친구들과 뿔뿔이 헤어지니 허탈감과 함께 오기가 생겼다. 그러다가 공무원 시험에 운 좋게 합격하여 서울로 올라왔다. 14년 정도 공무원 생활을 하던 중 공부를 이어가야겠다는 뜻이 있어 어렵사리 대학을 다니고 졸업했다. 지금은 환경이 좋아 가능하지만, 그때에는 이중생활을 하는 것이 참으로 힘들고 어려웠다. 그때마다 어머니는 "애야, 몸 생각해라." 하셨지만, 내 몸을 생각할 처지가 아니었다.

청년 시절, 공무원 신분으로 학교를 다니고 맡은 일을 하면서 성장하는 우리나라를 직접 보았고, 우리나라가 어디로 가야 한다는 것을 남달리 생각하게 되었다. 공직을 접고 내가 생각한 일을 추진하고 싶었다.

36세의 젊은 나이에 안정된 직장을 과감히 버렸다. 모험만이 나 자신을 만들 수 있다고 늘 생각해왔기 때문에 가능한 일이었다. 마침내 1983년 10월 10일, '유일기기'라는 개인 회사를 만들고 직원 3명과 함께 목숨을 다하여 일하였다.

그 후, 일본의 Canon 한국 대리점을 하면서 일본의 발전과 일본 사람의 정신을 알게 되었다. 청년 시절부터 4H 활동과 농어촌 일을 하면서 앞으로 우리나라의 앞날을 남보다 깊게 생각하던 중 일본을 접하게 된 것이다. 세계 무대가 나에게는 온통 동경의 세계가 되었다. 이후 2005년부터 아시아, 아프리카, 중동, 남미, 중앙아시아 등 50여 개국에 진출하여 150건 프로젝트를 성공적으로 진행하였다. 지금도 아프리카 등 다수의 나라에 의료사업을 진행하고 있다. 그 일을 하면서 자랑스러운 우리나라를 한시도 잊은 적이 없다. 나보다 못한 사람들을 그냥 지나치지 않은 결과로 이 자리에 있다고 생각한다. 회사를 만든 지 40여 년, 많은 일이 있었고 아픔도 있었다. 그러나 그 사건 하나하나에 나의 땀과 숨결이 배어 있다.

내가 진행한 사업은 지금까지는 하자 없이 성공적으로 마무리되었다. 그 속에는 나라를 사랑하는 마음과 나의 애정과 정신이 묻어 있다. 나와 남이 같이 간다는 배려의 정신을 기본으로 삼았음을 고백한다.

40여 년, 다사다난한 일 중에 에피소드가 너무나 많다. 웃을 일이 많았지만, 눈물이 나는 일이나 원망하는 일이 왜 없겠는가? 그것을 가슴에 묻자니, 이제는 몸도 마음도 약해지는 듯하다. 4년 전부터 심장에 문제가 있고, 폐도 좋지 않다. 요즈음에는 신장에도 이상이 있어 투병하는 중이지만 아직도 건강하게 활동하는 편이다. 주위에서 내 목소리만 들어도 힘이 난다고 하니 말이다.

'일흔일곱의 일인칭인 나'와 '역사를 만든 삼인칭인 나'가 서로 마주보고 스스로 묻고 답을 한다. 내가 만든 역사가 하나씩 하나씩 주마등처럼 흐른다. 그 속의 나를 주시하니 뿌듯하기도 하고 슬프기도 하고 가슴이 벅차오른다. 옛말 중에 '용기 있는 자는 죽지 않는다.'라는 말을 믿고 싶다. 언제나 움직이고, 생각하고, 조금이라도 앞으로 나아가는 나를 상상하니 웃음이 나온다.

작은 마을에서 태어나 작은 꿈을 갖고 살다가 세계를 만나 용기를 갖게 되고 나의 애정을 주며 한편으로는 사랑을 받으며 살아온 시간……. 일흔일곱의 나이에 시골 정자 밑 작은 의자에서 푸른 하늘을 보며 일흔일곱 해를 생각한다. 나의 곁을 떠난 엄마, 그리고 곁에 있는 아내, 아들과 딸, 며느리, 사위, 내가 너무 사랑하는 손녀 소민, 손자 준원, 영서, 민서, 현서, 진서 그리고 내가 아는 모든 분에게 감사를 드린다.

내가 가는 그날까지 내 옆에서 나를 도와주소서.

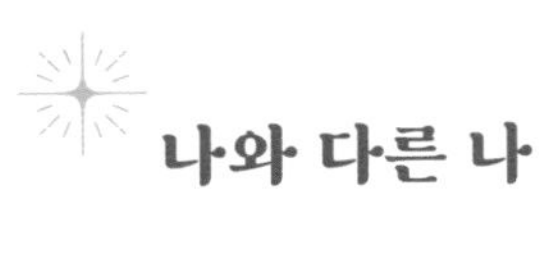

나와 다른 나

긴 세월 나를 보며 살고 있네.
시골,
자갈길을 가면서도
해변가,
모래톱을 밟으면서도
나와 다른 나를 보네.

내 안에
나를 말리는 내가 있네.
갈등 속에서 나는,
나를 만들고 있네.

내가 웃고 있을 때
다른 나는 울고 있다는 것을
어린 시절부터 알고 있었지.

불가의 '不二門'
둘인 것 같지만 하나
하나인 것 같지만 둘

나와 다른 나는
어깨를 나란히 길을 가며

고통도 이기고
기쁨도 맛보고
사랑도 나누고
행복도 느끼네.

엄마 생각

세상 떠난 지 18년
지금은
무엇 하는지 궁금해.

쉴 새 없이 일만 하던 시간들
지금은
무엇 하는지 궁금해.

자나깨나 걱정만 하던 엄마 마음
지금은
무엇 하는지 궁금해.

새벽닭 울기 전에 일어나던 엄마
지금은
무엇 하는지 궁금해.

지금은
무엇 하는지 궁금해.

나

어찌…

유복자로 태어나

엄마, 누이들이랑

작은 갯마을에서 살다

웃고, 사랑도 받고

아프고, 울기도 한 뒤안길 세월들…

세계를 만나
걷고, 뛰기도 하며
희망, 절망,
행운을
손에 쥐면서
살아온 긴 시간

내가 변해
열두 동산에 둥지도 만들고,
하느님 선물로
마루, 아이비, Latte도 만나고

사랑하는 모든 사람들과…
그리고
좋아하는 하늘, 비, 구름, 꽃들…
엄마 뱃속에서처럼
편안히, 편안히.
이야기를 하면서
탈 없이, 탈 없이

그렇게, 그렇게
가슴에
두 손을 꼬옥 얹고 살아왔습니다

이제
남은 길
조금씩, 조금씩
바람 부는 언덕도
깊은 골짜기도, 높은 산들도 피하고 싶어

넓은 들
오솔길로, 오솔길로.
길섶 꽃들과 새소리 들으며
엄마가 있다는 꽃마을로
천천히, 천천히 가고 싶습니다.

지난
일흔일곱 해 쌓아온 순간들
그리고
남은 시간들.

사랑하는 모든 사람들과

마누라 손

꼬옥 잡으며

그 길

오솔길로 걸어가고 싶습니다

천천히…

그 길을

지금처럼…

‘나’

걸어왔고, 걸어가고, 걸어가고 싶습니다.

…….

삶

아침에 일어나서
책상 앞에 앉는다.

어제도 오늘도
똑같은 자세

머릿속에 하나둘
페이지를 넘긴다.

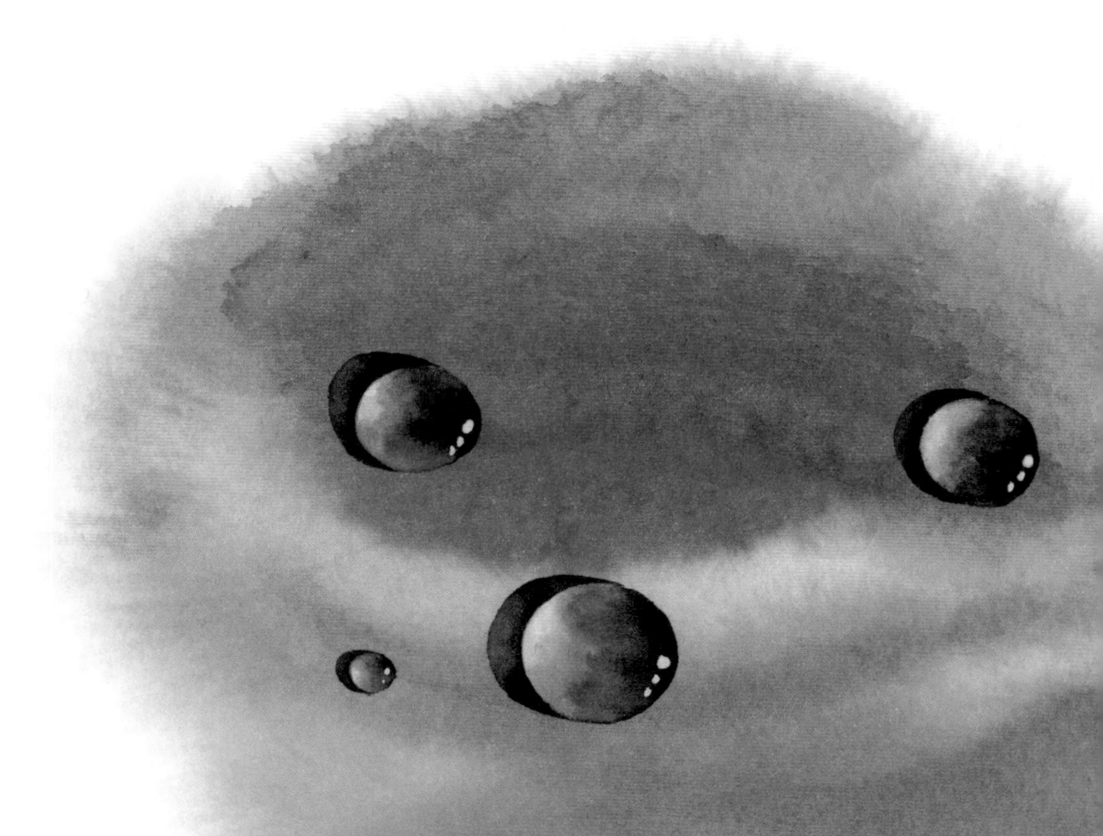

남는 것은 없다
하얀 종이 위에 글씨뿐

졸음이 오면
침대에 누워 눈을 감는다.

나도 모르게
꿈속에서 살고 있다.

웃고 울고 나를 느낀다.

삶은
꿈이었으면 좋겠다.

2015년 세종도서 교양부문 선정

2015년 11월 27일은 나의 인생 제2막이 시작된 날이다. 일흔 나이에 무언가 자취를 남기려고 시작한 글과 그림으로 『일흔에 아홉 살 꿈을 이루다』가 출간된 것이다. 주위 사람들로부터 '대단하다, 진정성이 있는 글이다.' 칭찬을 받은 바 있지만, 그때에는 인사치레 정도로 생각하고 지나쳤다.

가끔 만나는 작가님과 교수님은 나의 수필이 재미있다고 적극적으로 수필 수업 듣기를 권하기도 했다. 하지만 글에는 큰 소질이 없던 나는 그 권유를 포기하고 지금은 시간 나는 대로 열심히 그림을 그린다. 거의 한 달 가량을 한 작품에 매달려 완성해내곤 한다.

어느 날 '문화체육관광부'가 주체하고 '한국출판문화산업진흥원'이 주관한 2015년 '우수세종도서'로 내 책이 선정되었다. 출판사 '청동거울'에서 걸려온 전화에 그저 기쁜 마음만 들었다. 하지만 이 세종도서 선정은 그해 출간한 책 중, 전문가들의 세심한 심사로 결정되는 결과로 출판물로서 상당한 권위가 있음을 알게 되었다. 나는 '아, 기적이구나.' 했다. 이젠 넓은 의미로 나 스스로가 '작가'란 생각이 든다. 이 기쁨을 주위에 알렸다. 많은 이들에게 칭찬을 받으며 자식들도 좋아하니 온종일 마음이 들떴다. 글을 같이한 손녀와 며느리도 함께 즐거워하니 이것

이 행복이고 기쁨이다.

얼마 후 한국출판 문화산업진흥원에서 내 책을 전국 도서 관련 부처에 비치하기 위하여 일괄 구매한다며 출판사를 통해 의뢰해 왔다. 그 결과 인세란 이름으로 수백만 원이 나에게 송금되었다. 그 금액을 쪼개 우리 손녀에게, 우리 며느리에게 조금씩 나누어 주고, 나머지는 모두 만 원짜리 신권 지폐로 바꿨다. 그리고 책을 만들기 위해 애써주신 분에게 만 원씩 나누어 드리며 인세를 받은 돈이라고 너스레를 떨었다. 나에게 온 이 행운을 모두가 함께 누리기를 바라는 마음으로 전달한 것이다. '세상에 살다 보니 이런 일도 생기는구나!' 생각하니 삶이 참 재미있다.

후에 우리나라의 최대 권위지인 조선일보에 나의 책 이름과 내 이름이 실렸다. 그것이 비로소 이 사실이 꿈이 아닌 현실임을 깨닫게 했다. 이 나이에 꿈을 이룬 것은 이루 말할 수 없을 정도로 큰 기쁨을 가져다주었다. 이것은 나만의 기쁨에서 멈추지 않고 우리 가족 모두에게 꿈의 실현이자 영광이 되었다.

이런 영광을 느낄 수 있게 해주신 고마운 분들께 지면을 빌려 감사를 드리고 싶다. 나를 위하여 매일 기도하는 많은 분께 감사드리며, 사랑스러운 가족이 있어 행복함을 느낀다. 또 나를 믿고 따르는 직원들에게 감사하다. 나의 꿈이 이루어지는 과정이 그들의 꿈과 더해져 모두에게 더욱 빛이 나길 바라는 심정이다. 앞으로도 이 감사함을 잊지 않고 최선을 다해 삶을 살아야지. 이 세상 끝나는 시간까지 주위를 돌아보고 베풀면서 나의 정력을 한 줌도 남기지 않고 활활 불태우고 싶다.

무제

주는 것도 받는 것도
미운 것도 괴로운 것도
순간이었으면—

보는 것도
손을 잡는 것도
옛날 추억이었으면—

보지도 말고 말하지도 말고
가는 것 탓하지 말고
오는 것 반기지 말자.

세상은 진실과 거짓이
혼재하는 것

무엇을 탓하랴.

시간이
해결하겠지.
Let it be.

성당

일요일마다 서두른다.

성당 앞 성모님
언제나 똑같다.

한 시간 미사 시간
어제 생각 내일 생각

가끔,
예수님 성모님이
내 방에 오신다.
자리 잡고
긴-
말씀을 하신다.
네- 네-
열심히 하겠습니다.

성모님이 서둘러 예수님과 함께
방을 나선다.
또 올게
다시 만나
네- 네-
허리로 인사한다.

서른한 살에 홀로된 어머니

나는 어머니와 아버지의 결혼생활을 모른다. 들은 이야기지만, 아버지는 약주를 잘 드시고 친교가 두터워 사업가로서의 기질이 대단한 분이라고 했다. 당대 서산의 갑부와 어깨를 같이한 분이라고 어머니께서 말씀하셨다. 그렇다면 어머니 삶은 어떠했을까? 우리 어머니는 키는 작지만 온화한 얼굴을 지녔다. 또, 유난히 강한 눈빛에는 이기는 자가 없을 정도로 강한 의지를 가진 분이다.

아버지는 36년 동안 일제강점기 시대를 살다가 해방도 되기 전에 세상을 떠나셨다. 어머니는 서른한 살에 딸 셋과 세상에 남았다. 아버지 삼오제를 치르고 녹초가 된 몸으로 집에 오자 속이 메스껍고 구토도 있어 '아, 혹시 임신인가?' 생각되었다고 한다. 당장 세 딸도 짐이 되는데 하나가 더해진다고 생각하니 그 심정이 어떠했을지 짐작이 간다. 하지만 혹시나 아들일 수도 있다는 희망으로 초조한 나날을 살았을 것이다.

그 후 나를 낳아 키우면서 느끼는 아들에 대한 정은 대단했다고 한다. 내가 소학교 시절, 우리 집과 우리 논의 거리는 꽤 멀었다. 지금 생각하면 약 1.5km 정도이다. 어머니는 머리에 무엇인가를 이고 나는 삽을 매고 가끔은 논일을 하러 갔다. 그 전에 삽을 매고 가는 것이 힘들어 자갈밭 도로에 삽을 질질 끌고 가면 돌과 마주치는 소리가 정말 요란했다. 그 소리가 신기해 장난삼아 뛰기라도 하면 어머니는, '넘어질라' 걱정을 하셨다. 나는 아랑곳하지 않고 어머니를 앞서거니 뒤서거니 하면서 뛰어다니는 것에 신이 났다. 엄마와 나는 논에 도착하여 묘판에 비료를 주고(어머니가 했지만), 논 사이에 물꼬를 막고 하면서 시간을 보냈다.

소학교를 졸업하고 읍내의 중학교에 다니던 시절, 날씨가 좋은 날이면 삼십 리(12km, 중간에 버스를 타고) 통학을 했지만 해가 짧고 추운 겨울에는 조그만 방 하나를 얻어 자취를 했다. 밥을 하기 위해서는 땔감이 필요한데, 학교 수업이 없는 일요일이 되면 가방이며 반찬 그릇, 그리고 땔감을 가지고 와야 했다. 시골이었기 때문에 일요일에 차가 없으면 부득이 그 땔감을 가지고 오지 못하는 경우가 가끔 있다. 그때마다 우리 어머니는 어김없이 땔감을 머리에 이고, 그 먼 길을 쉬지도 못하고 걸어오시곤 했다.

시골길은 원래 사람의 왕래가 없어 쉬고 싶으면 땔감을 내려놓고 쉬었다가 다시 오면 되는데, 그 무거운 땔감을 다시 머리에 일 수가 없어 단번에 오셨다는 어머니의 말씀을 듣고 여러 가지 생각이 들었다. 어머니가 멀리 하늘을 보는 찰나 나의 가슴은 멈추는 것 같았다. 그때에는 아무 생각 없이 "고생했어"라고 말하며 땔감이 없으면 근처 산에 가서 죽은 나무나 땔 것을 구해와 밥을 하면 된다고 이야기했다. 당시에는 남의 산에 가서 땔감을 구하려고 하면 산 주인이 가만두지 않았음에도 어머니가 고생하시는 게 싫어 거짓말을 했다.

지나간 일들이 정말 꿈만 같다. 그때에는 주어진 일들이 고생인지

낙인지도 모르고 꼭 해야만 하는 일이라 생각했다. 부지런히 닥치는 일마다 한 것이다. 세월이 흘러 칠십 중턱을 넘은 지금에 와서 생각하면 정말 아련하다. 아직도 이뤄야 하는 꿈이 있기에 앞으로 갈 수밖에 없다. 항상 뇌리에 있는 징그러운 꿈, 하지만 해내고 싶다.

엄마가 그리울 때면, 나는 혼자서 엄마 산소에 간다. 아버지와 엄마가 나란히 누워 있는 산소 앞 잔디에 앉아 옛날을 생각하면 아무리 강한 나라도 눈물이 난다. 뺨에 흐르는 뜨거운 눈물이 고생한 엄마 생각에 마음이 아프다. 살아계실 때 최선을 다하지 못한 한을 지금 어찌하겠는가? 잔디에 잡초를 뜯으며 엄마 생각을 한다.

엄마- 사랑해.
진짜- 하늘나라에 가면 엄마를 만날 수 있을까?
죽지 않는 영혼이 있었으면 좋겠다. 사랑해, 엄마.

한식날

2020년 4월 5일

오늘은 엄마랑 만나기로 약속한 날이다. 세상을 만든 하느님께서 일년에 몇 번씩, 날짜를 정하여 혈육 간 만남의 자리를 마련해주신다.

때로는 가족과 함께,

때로는 혼자서,

'용인하늘다리'를 건너 면회를 한다.

어느 해는 말씀도 많고 어느 해는 조용히 바라만 보는 그런 면회이다.

오늘도 구름처럼 많은 사람들이 인연을 찾아 면회를 한다.

"엄마, 불편한 점은 없어?" 물으니 다 좋다고 하신다.

예쁜 색깔의 장미를 놓으며 "참. 예쁘지?" 물으니 그냥 고개만 끄덕인다.

엄마 옆으로 다가가 "누워만 있지 말고 일어나 조금씩 걸으면 건강해져."라고 속삭인다.

엄마는 전처럼 나의 손을 잡으며

"너나 잘 챙겨라" 하신다. 해 넘기 전에 가라며 손짓을 한다.

부스스 자리를 털고 일어나

'용인하늘다리' 언덕을 오르니 나도 다리가 아프고 숨이 차다.

언젠가 '용인하늘다리'를 타고 아주 이사를 해야지.

길가에 바람과 하얀 벚꽃이 춤을 춘다.

멀리 서녘하늘 어디선가 '면회 종료' 종소리가 은은하게 들린다.

장마가 오기 전, 다시 엄마 집에 와야겠다고 생각하면서 집으로 돌아오고 있다.

꽃과 엄마

언젠가부터 꽃 하면 어머니 생각이 난다. 어머니와 나는 꽃과는 관련 없이 살아왔다. 어린 시절, 가끔 시골길에 피는 들국화가 예쁘다 생각했다. 쪼그리고 앉아서 한 떨기 들국화를 보며 즐거워하는 나의 모습을 안쓰러운 얼굴로 바라보시던 어머니. 아들의 어깨에 손을 얹고 꽃이 예쁘냐고 물으시며 눈시울을 붉게 물들이던 엄마의 검고 주름진 얼굴을 나는 잊지 못한다. 그 사건이 있고 난 뒤 나는 대놓고 꽃을 좋아하지 못했다. 왜냐하면, 꽃을 좋아하는 것도 어머니를 힘들게 하는 것으로 생각했기 때문이다. 저 멀리서 꽃향기가 날리면 '아-. 아름답고 향기롭다'라며 속으로만 삭였다. 그리고 고개를 푹 숙인 채 엄마 얼굴을 생각했다. 지금 생각하면 소심했던 어린 시절의 이야기다.

긴 세월이 지나 서울 관악구 신림동에 집을 장만하고 이사하게 되었다. 그 집은 사업으로 돈을 번 후, 처음 내 손으로 지은 집이다. 3층 규모의 제법 큰 집이었다. 그 집에 살면서 어머니는 내가 드린 용돈을 모아 작은 화분을 하나둘씩 사 모으시고는 베란다에서 매일같이 정성으로 기르셨다. 처음에는 늦은 나이에 새로 생긴 심심풀이 취밋거리라고 대수롭지 않게 생각했다. 그런데 해가 갈수록 화분의 수가 늘어갔다. 베란다 가득 꽃향기가 가득해졌다. 봄부터 가을까지 계절을 가리지 않은 작고 예쁜 꽃들이 어머니의 애정 어린 손길로 피었다 지기를 반복했다.

어느 휴일, 화분에 물을 주면서 어머니께 왜 이리 많은 화분을 샀는지 여쭈어보았다. 어머니는 잠시 옛날을 회상하듯 아련한 눈길을 나에게 건넸다. 시골 길가에 쪼그리고 앉은 내가 물끄러미 꽃을 보면서 좋아하던 시절이 생각나서 꽃을 좋아하게 되었고, 언젠가 꽃을 기를 수 있는 환경이 되면 손수 화초를 가꾸어 아들이 좋아하는 꽃밭을 만들 결심을 하셨다고 한다. 나는 어머니의 말씀을 듣고 앞이 캄캄해졌다. 어느덧 정신마저 혼미한 상태가 되어 한동안 진정이 되지 않았다. 솔직히 그 시절의 나는 꽃에 관심 가질 시간도 없이 바빴다. 그래서 어머니의 정성에 소원했다는 생각이 들자 갑자기 미안한 생각이 들었다.

그 후, 나는 베란다 꽃을 보면서 어머니의 취미에 관심을 가지기 시작했다. 내가 관심을 두기 시작하자 어머니는 그 동안은 하지 않았던 소소한 이야기 꾸러미를 쏟아내셨다. 점심값을 아껴가며 길가에서 5,000원짜리 화분을 조르고 졸라 3,000원에 샀다는 등의 어머니의 사소한 일상을 이야기하셨다. 나는 어머니의 소소한 이야기를 듣는 것이 참 좋았다.

얼굴에 깊게 팬 주름과 함께 이미 거동이 불편할 정도로 몸이 약해진 어머니의 몸이 걱정되기 시작했다. 나는 그런 어머니를 대신하여 베란다를 더 큰 꽃밭으로 만들기로 했다. 무려 100개가 넘는 화분을 들였고 어머니가 정성을 쏟아 꽃을 가꿀 때처럼 이번에는 내가 직접 꽃을 가꾸었다. 꽃을 가꾸기 시작한 이듬해 봄, 동네 아주머니들이 꽃구경을 하기 위해 우리 집을 찾았다. 덕분에 우리 집이 꽃구경 명소가 된 것이다. 모두 하나같이 너무 아름답다고 칭찬을 아끼지 않았다.

이듬해 2003년 1월 7일, 하얀 눈이 내리던 날 어머니는 내 곁을 떠났다.

몇 년이 지나 시골집 근처에 교육관을 세우면서 어머니를 떠올린 나는 교육관 주위를 꽃동산으로 만들 결심을 했다. 벌써 교육관을 지은 지 10여 년이 지났다. 지금은 봄이 되면 울긋불긋한 꽃들이 교육관을 가득 채운다. 그 속에 어머니를 그리워하는 나의 마음이 함께 있다.

한 떨기 들국화를 바라보던 나의 사소한 행동은 어머니의 꿈이 되었고, 그 꿈은 어머니를 기억하는 나의 꿈이 되었다. 꽃피는 봄이 올 때마다 내 주위에서 항상 함께 숨 쉬고 있을 어머니의 꿈, 그리고 나의 꿈은 계속해서 피고 있다. 아직도 나에게는 이루고 싶은 꿈이 많다. 세계를 날고, 아름다운 스위스 초원 언덕에서 마지막 꽃이 피어나길 빌고 있다.

꽃밭

꽃밭 귀퉁이 코스모스
나비와 놀고 있네.

“나비야, 나비야,
나하고 놀자”
장미꽃이 나비를 부르네.

햇살에 눈부신
장미꽃으로 날아가는
나비.

찢어진 장미꽃잎 위에
살포시 앉아

아프겠다,
호오— 해줄게!

시간

고통의 그림자가 올 때
붙잡아 준 것도

짓눌린 어깨의 무게를
내려놓은 것도

허우적대는 나를
손잡아 준 것도

당신임을 알아요
이제,

또 다른 당신이
인생을
붙잡고 있네요.

엄마 집 뜰에서

2003년 1월 7일
흰 눈이 펑펑 내린 날
이사를 왔다.

엄마 손 잡고
고향길 걷던 일도
저 너머 언덕 밭에
호미 잡고 땀 닦던 얼굴도

그때는
왜
몰랐을까?

엄마 뜰 잔디에 앉아
잡초를 뜯으니
내 손끝에 엄마가 와 있다.

밥 먹었니?
건강하니?
똑같은 말이다.

예—
웃지만 눈물 한 방울
엄마 손길 닿았던
얼굴에 흐른다.

큰누님

2021년 10월 26일 오후 7시 15분 첫째별이 졌다. 역경과 희망 그리고 긴 병마에서 이승의 명을 다하고 조용히 우리 사남매 곁을 떠났다. 2003년 1월 7일 엄격하고 자애로운 엄마가 세상을 떠난 지 18년 만에, 우리의 핏줄인 큰누님이 세상을 떠난 것이다. 그 슬픔을 어찌 형언할 수 있을까? 내가 무슨 말을 할 수 있겠는가? 그저 가슴이 답답하다. 줄지은 꽃들과 몰려든 인파가 무슨 소용이란 말인가? 작은 갯마을 초가집에서 엄마랑 사남매 힘들지만 웃음이 있던 그때가 또다시 그립다. 누나가 시집간 파도치는 갯마을까지, 몇 십리를 마냥 좋아서 엄마 손잡고 걸었던 어린 시절의 모습이 아련히 가슴 속에 남아 있다.

옛날, 여름밤 멍석 깔고 개떡이랑 옥수수 먹던 그 시절. 바닷가에서 서툴게 고기 잡던 모습도 아련히 추억 속에 묻어 있다. 그때는 마냥 힘들었지만, 그래도 사남매가 오순도순 살았다. 그 후 큰누나는 시집가서 돈을 많이 벌고 사업도 잘 되었다. 그러다 갑자기 반신불수가 되어 35년 간 병상에서 지냈다. 얼마나 지루하고 힘들었을까?

'천국에서 엄마랑 아빠, 그리고 매형을 만나 동생들 이야기나 해.' 혼잣말로 속삭여본다.

언제라도 누나를 찾아가면 "세호야! 왔어?" 하며 손잡아주었는데,

그 손이 지금은 없다. 돈과 배신이 있는 현실이 이승일지도 몰라. 언덕배기 팔봉 초가집이 좋고, 추운 날 이불 하나를 두고 서로 당기면서 싸우던 그 시절이 좋아. 지금은 다 옛날이네. 힘없는 다리를 끌며 국화 속에 파묻힌 누님의 영정 사진이 나의 어깨를 움직이네.

"잘 가. 저승에서는 침대에 누워 있지만 말고 젊어서처럼 동에 번쩍, 서에 번쩍 하면서 다니라고. 누나와 나는 유난히 아버지 기질을 많이 닮아 사업을 시작했지. 그 뿌리가 지금 열매를 맺고 있는가 봐."

누님 가는 길에 내가 있을 수 없음을 누구에게 원망하겠는가? 그저 옛날을 곱씹으며 누나를 생각하고 엄마를 생각한다.

"왠지 설움이 북받치네. 잘 가. 책상 위에 떨어진 이 뜨거운 눈물의 의미를 누나는 알고 있겠지. 마지막 황천길에 하얀 국화꽃을 뿌려줄게."

막내 매형이 가다

2022년 1월 17일. 50여 년간 우리 집과 지근거리에 살던 막내 매형이 세상을 떠났다. 투석으로 피가 부족하여 수혈을 하러 보라매병원을 찾았는데, 수혈도 하지 못한 채 심정지가 된 것이다. 10여 일이 넘게 깨어나기를 기다렸으나, 끝내 회생하지 못하고 오후 다섯 시경 기어이 우리 곁을 떠났다.

시골에서 서울로 이사 온 지 얼마 되지 않아, 같이 살던 막내누이가 우리 집 가까운 곳으로 시집을 갔다. 우리 집 근처에서 생활한 관계로 한 달에도 몇 번씩 만나 같이 식사를 하고 가정사도 이야기하는 아주 친한 형제이다.

매형은 젊어서부터 성격이 쾌활하여 친구가 많고 술도 잘 마셨다. 동에 번쩍 서에 번쩍하며 사업을 했으나, 사업이 여의치 않아 늘 고생이 많았다. 어느덧 팔십고개가 넘어 병마를 이기지 못하고 끝내 떠난 것이 안타까울 뿐이다. 너무도 황망하여 눈물도 나지 않는다.

최근 몇 년 동안 매형은 누이의 지팡이 노릇을 했다. 누이가 무릎수술이 잘못되어 걷지 못하는 몸으로 수영을 가거나 보라매공원에서 운동을 할 때도 차로 데려다주면서 누이를 챙겼다. 몸도 가누지 못하는 누이를 두고 천안의 햇살 따가운 좋은 자리로 혼자 이사를 하는 마음은 어떠했을까.

국화 한 송이, 좋아했던 술 한 잔. 그 무슨 소용인가?
화장터에서 당신을 보내는 이 가슴, 이 설움 헤아릴 수 있을까?
겨울 찬바람이 가슴에 와 닿으니, 또다시 인생의 허무가 느껴진다.
돌아오는 차 안에서 조용히 흐르는 눈물이 나를 더욱 슬프게 한다.
잘 가요, 언젠가는 만나겠지.
천국에서.

뜨거운 눈물

시간이 흘러도
엄마 생각이 나네.

생각만 해도
뜨거운 눈물이 고이네.

눈물에도
차갑고
뜨거운 것이 있다는데.

엄마와 나는
뜨거운 사이인가 봐.

작은 호수

보라매공원 작은 호수
오리 한 마리

작은 물결이 퍼져
주름지네.

갈대숲에 부딪힌 물결
숨바꼭질하듯
갈대숲에 숨고

가로등 희미한 불빛
하늘하늘 춤추네.

불빛 따라 날고 있는
나비 한 마리.

나의 손을 놓지 않으시는 하느님

2020년 새해.

지난 세월을 가만히 생각하면, 죽음의 순간을 용케 빗겨간 일들이 주마등처럼 지나간다.

가슴 한구석 너무나 먹먹한 심정이 고여 있다. 누구에게라도 쏟아내고 싶은….

하느님!

왜 저를 버리지 않고 고비를 몇 번씩 넘기며 붙잡고 계십니까?

내가 무엇을 해야 합니까?

누구를 구해야 합니까?

아니면 당신의 괴로움과 눈물을 대신해야 합니까?

혼돈의 길목에 서서 세월을 응시합니다.

생과 죽음의 문턱에서 당신은 언제나 나의 손을 놓지 않고 잡아주었지요. 지금까지 내 인생 세 번의 고비는 희미하면서도 진하기에 가슴 속 어딘가에서 살아 움직입니다. 살아나고 다시 살아나고 또다시 살아난 일들을 당신 앞에 고백합니다.

1. 석청

아마도 6~7년 전쯤의 일이다. 금요일 오후 시골 서산 집에 가려고 준비를 서두르다가 약간의 허기를 느껴 집으로 돌아왔다. 문을 열고 들어서니 아내는 없고, 텅 빈 집에 무언가를 먹어야겠다는 생각으로 이곳저곳을 찾던 중 인절미를 발견했다. 인절미를 프라이팬에 구워 먹기로 하고 요리를 시작했다. 인절미를 굽는 도중 절친한 친구가 네팔에 갔을 때 선물한 유명한 석청이 생각났다. 선반 이곳저곳을 뒤져 겨우 석청을 찾아 구운 인절미와 함께 맛있게 먹었다. 그 달콤한 맛은 정말 천국이었다.

처음에는 조금, 다음에는 맛있어서 듬뿍 석청을 발라 맛있게 먹었다. 어느 정도 먹다 보니 허기가 가시고 빨리 서산에 내려갈 마음으로 아내에게 전화를 하였다. 아내는 성당에서 교부금을 납부하느라 시간이 좀 걸린다고 했다. 나는 서산에 가져가려고 준비한 물건들을 차에 싣기 위해 계단을 내려갔다. 그런데 갑자기 현기증이 나고 몸의 중심을 잃어 그냥 자리에 주저앉고 말았다.

직감적으로 몸에 이상이 오는 느낌이 있어 가까이 사는 아들에게 급히 오라고 전화를 했다. 아들은 쏜살같이 와서 나의 상태를 보더니 차에 태워 가까운 병원으로 갔다. 그 병원 진찰실에 들어서자마자 선생님은 빨리 큰 병원으로 모시고 가라면서 재촉한다. 엘리베이터를 타고 1층으로 내려오는 도중 나는 그만 정신을 잃고 쓰러졌다.

아들은 내 몸을 어찌하지 못하고 질질 끌면서 차까지 고함을 치며 간 것이 어렴풋하다. 희미한 나의 기억에 "얘, 지금 어디냐?" 물으니

"아버지, 아버지, 정신 차리세요." 나의 어깻죽지를 잡고 질질 끌고 있다.

잠시 정신이 나서 어찌어찌 차에 오르니, 길 건너에서 아내와 동서가 내가 병원에 갔다는 소식을 듣고 행여나 하며 큰길로 나오다가 우리의 광경을 봤다. 세 사람이 합세하여 근처에 있는 보라매병원 응급실로 비상등을 켜고 질주했다.

보라매병원에 도착하니 의사 선생님이 응급실 문 앞에서 마치 나를 기다리고 있는 것처럼 팔짱을 끼고 있었다고 한다. 석청을 먹고 혼수상태라 말하니 얼마 전에도 이런 환자가 있었다면서 급히 응급처치에 들어갔다. 얼굴은 하얗게 백짓장 같고, 혈압은 40 이하로 내려가서 몇 초만 늦게 왔어도 손 쓸 겨를도 없었다며 천운이라 말씀했다고 한다. 혈관주사를 맞고 마사지도 하며 응급처치를 하니, 차츰 핏기가 돌고 혈압이 정상으로 돌아왔다. 그곳에 있던 사람들이 마치 내가 천당에서 살아온 것처럼 일제히 박수를 쳤다고 한다.

갑자기 일어난 순간의 사건! 인절미를 먹고 고속도로를 운전해 서산에 갔으면 나는 어찌 할 뻔했나? 그리고 아내가 교무금을 내기 위하여 성당에 가지 않았다면 나는 어찌 됐을까?

생각하면 할수록 소름이 끼치는 순간이다. 하느님의 손이 내 손을 잡아주었으니 감사하고 또 감사하다.

급히 달려온 딸아이의 이야기로 또 한 번 가슴이 철렁했다. 딸아이는 얼마 전 TV 뉴스에서 청송의 어느 분이 석청을 과다복용하여 하늘나라에 갔다는 소식을 전했다. 모두 하느님의 역사이시다. 하룻밤 병원 신세를 지고 다음날 집에 돌아왔다. 하루 일이지만 이해되지도 않고 황망함 그 자체였다. 주위가 휑하니 기분이 좀 묘하다.

하느님 감사합니다. 나는 지금 무엇을 해야 하나요?

멀리 푸른 가을하늘에 조각구름이 두둥실 흘러간다. 나도 그 구름을 따라가고 있다.

"주님께서 그대에게 복을 내리시고 그대를 지켜주리라(The Lord bless you and keep you)." (민수 6장24절)

감사하고 사랑합니다.

2. 급성폐렴

2016년 12월 중순을 지난 어느 날, 베트남에 갑자기 일이 생겨서 출장을 가게 되었다. 베트남 직원에게 그곳의 날씨를 물으니 올해는 조금 더워서 29도까지 오르내린다고 했다. 평소에는 공항까지 차를 타고 가서 주차해놓고, 귀국 후 집으로 돌아갈 때 운전해 왔었다. 그런데 그날은 공항버스를 타고 가려고 정류장으로 갔다. 한국의 기온은 -5도 정도였으나, 가방을 간단하게 가지고 가고 싶어서 옷도 가벼운 것으로 챙겨 입고 버스를 기다렸다. 벌써 도착했어야 할 버스는 오지 않고 시간만 흘러서 공항버스터미널에 전화를 하니, 내가 있는 정류장을 지나 공항으로 가고 있다고 한다. 다음 버스를 타려면 적어도 30분은 기다려야 했다. 가벼운 옷을 입고 나온 것을 후회했지만 어쩌겠는

가. 추위에 떨면서 참고 기다리다가 갑자기 감기가 들었다. 몸에 차가운 기운이 엄습하고 소름도 돋고, 덜덜 떨리기 시작했다.

겨우 버스를 타고 공항에 도착했다. 공항 안의 따뜻한 기운에 조금은 온기를 찾았지만, 한겨울 밖에서 추위에 떨어서인지 재채기를 연발하였다. 감기가 단단히 걸렸다는 생각에 비상약을 구하여 먹고, 뜨거운 물을 마시며 몸을 녹여보았다. 그러나 몸은 좀처럼 나아질 기미를 보이지 않았다.

불편한 몸을 이끌고 베트남 숙소인 아파트에 도착하였다. 직원들이 걱정하면서 뜨거운 물을 가져다 주었다. 직원의 정성어린 걱정 때문인지 한참 만에 몸은 진정되었다. 그러나 잠을 청하려고 해도 잠은 오지 않고 춥고 떨리기만 했다. 새벽에는 몸을 움직일 수 없을 정도로 열이 올랐다. 밖은 고요한 어둠이 깔려 정말로 적막하였다. 불을 켜고 따뜻한 물을 한 컵 마시고 어둠과 싸우기 시작하였다. 한밤중에 어찌할 방법이 없기에 아침이 오기를 기다렸다. 아침까지도 열은 계속 오르고 입이 말랐다. 도저히 참기 힘든 상황인지라 직원을 불러 하노이대학병원에 갔다.

병원에서 엑스레이를 찍고 피검사를 한 결과, 급성폐렴이라고 했다. 이곳은 병실이 없어 복도에서 응급처치를 한 다음, 프랑스병원으로 이동하였다. 그곳에서 다시 CT를 찍고 엑스레이도 찍었다. 모든 검사를 마쳤으나, 역시 급성폐렴 진단을 받았다. 즉시 중환자실로 이동하여 이틀간 링거를 맞았다. 아무것도 먹지 못하고, 침대에서 꼬박 이틀 밤을 새웠다. 외부인과의 접촉도 금지되었다.

열은 조금 내렸으나 속이 메스껍고, 몸도 자유롭지 않아 침대에서 내려오지도 못하는 상황이었다. 생지옥으로 2박3일을 지냈던 것 같다. 얼마나 답답하고 서러웠던지 중환자의 체험을 톡톡히 한 것이다. 이틀 밤을 지내고나니 염증수치가 내려갔다며 일반 병실로 이동하라 한다. 그 소식이 얼마나 기쁜지 하늘을 날아갈 것만 같은 기분이었다. 이제 조금만 회복하면 한국으로 갈 수 있다는 생각이 나를 어린애로 만들었다. 일반병실에 도착하니 생각지도 않았던 지인들이 나를 환영하기 위해 미리 와 있었다. 멀리 중부 프레이크에서도 나의 갑작스런 소식을 듣고 왔다며 힘있게 나를 껴안았다. 한국 김치와 밥을 지어 가지고 온 분도 있었고, 과일이며 꽃다발이 침대에 가득했다. 갑자기 고마운 분들의 환영을 받으니 송구하기도 하고 계면쩍기도 했다.

3일간 병마와의 싸움은 힘들었지만, 일상생활에서의 자유가 무척 소중하다는 것을 깨달은 계기가 되었다. 고마운 분들과 소소한 이야기를 나누는 시간조차도 소중했다. 지인들은 내게 휴식을 취하라는 말을 남기고 돌아갔다. 모두가 떠난 침실은 왠지 휑하고 고요했다. 그러나 나의 마음은 가볍고 평화로웠다. 꼬박 하루를 더 묵고 나서야 퇴원을 했다. 아직 완치가 되지 않았으니 며칠 휴식을 취하면서 쉬었다가 한국에 가라는 의사 선생님의 권유로 숙소에서 푹 쉬었다.

그 후 비행기를 타고 고국 땅, 인천공항에 도착하니 무거운 몸이 하늘을 날 것만 같았다. 우리 가족이 있는 곳 내 나라 조국! 가방을 챙겨 밖으로 나오니 가족 전체가 꽃다발을 들고 나를 환영했다. 손자손녀들은 달려와 나를 껴안으며 기뻐했다. 가족의 품에 돌아오니 마음이 편안해짐을 느꼈다.

3. 심장수술

그동안 '석청사건'이며 '급성폐렴'으로 가슴을 졸였다. 이후 건강을 유지하기 위해 보라매공원에서 꾸준히 운동을 했다. 그런데 하루는 공원에서 운동을 하다가 가슴이 찡하는 통증과 함께 이상한 기분을 느꼈다. 몸의 징조가 정확히 무엇인지는 알 수 없으나, 기분 나쁜 생각이 뇌리를 스쳤다. 다음 날 베트남에 볼일이 있어 며칠간 일을 보고 올 예정이었는데, 기분이 이상하여 출장을 포기했다.

새벽녘에 가끔씩 가슴통증이 있기는 했다. 신경통인가 근육통인가 생각하면서 자다가도 일어나 시원한 물을 마시곤 했던 것이다. 차가운 물을 마시면 가슴이 시원해지고 금방 통증이 없어져서 안심하곤 했다. 그런데 언젠가부터 물을 마셔도 아무런 변화가 없어 내심 걱정을 하던 차였다. 그날 밤, 이런저런 생각을 하면서 하얗게 밤을 지새웠다. 이런 상황을 가족들에게 말하면 괜히 걱정을 끼치게 되니, 조용히 혼자 병원을 가기로 결심했다.

동네에서 심장전문의로 유명한 정내인 내과로 갔다. 그곳에서 E.K.G 검사, 초음파 검사, 트레이밀 검사 등 심장에 관련된 검사를 완료했다. 검사 결과, 의사 선생님은 심장 혈관이 70~80% 막혀 있을 것으로 생각되어 매우 위험한 상태라며 당장 내일이라도 수술을 해야 한다고 말씀하셨다. 이 무슨 날벼락인가. 혼자서 조용히 찾아와 검사만 받고 이유를 알고자 했는데 급히 수술을 해야 한다니 앞이 막막해졌다. 의사 선생님께서는 하루빨리 수술 시간을 정하는 것이 우선이라고 하시면서, 친구 분이 있는 흑석동 중앙대학병원에 연결해주셨다. 다음

날 오후 세 시 타임에 수술이 비어있다고 했다. 나는 그대로 승낙하고 병원을 나섰다. 몇 시간 전 병원 문을 열고 들어올 때와는 전혀 다른 상황이 된 것이다.

하룻밤을 거의 뜬눈으로 지새웠다. 다음 날 아침, 아내와 아들과 함께 정해진 시간에 맞춰 중앙대 병원으로 갔다. 간단한 진찰을 받은 후 수술실로 이동하였다. 심장 혈관의 흐름을 알기 위해 왼쪽 팔 동맥에 조형제를 주입하고 혈관의 상태를 천천히 자세하게 관찰했다. 나도 모니터를 통해 혈관의 흐름을 직접 볼 수 있었는데, 신기하기도 하고 신뢰가 갔다. 한참 검사가 진행 되었을 즈음, 혈관의 중요한 부위가 거의 막혀 대단히 위험하니 당장 조치를 해야 한다고 말씀하셨다. 선생님께서는 어떻게 알고 찾아왔냐며 다행이라 하셨다.

수술 방법은 두 가지가 있는데 한 가지 방법은 가슴을 열고 직접 수술을 하는 것이고, 다른 하나는 혈관을 통하여 막힌 부위를 스텐트로 확장해 피의 흐름을 원활하게 하는 것이 있다. 의사 선생님은 가족의 결정에 따라 조치하겠다고 하신다. 스텐트 시술은 요즈음 흔한 것으로 바로 시술을 할 수 있고, 시술 후 바로 귀가할 수 있다고 상세히 설명해주셨다. 2년에서 5년 사이에 이상이 있을 때는 상태를 확인하고 다시 재시술을 하면 된다고도 하셨다. 아내와 아들 의견을 들어 스텐트 시술을 하기로 결정하고 시술을 시작하였다. 시술하는 장면을 처음부터 끝까지 모니터를 통해 볼 수 있어 안심이 되기도 하고 신기하였다. 한 시간 가량 진행되는 시술을 마치고 수술실을 나왔다.

선생님은 "시술은 잘 되었다. 걱정하지 말고 몸 관리에 최선을 다하라"고 하셨다. 약간 현기증을 느끼면서 식구들이 있는 곳으로 왔다. 선생님은 우리 식구가 모인 곳까지 따라 나오셔서 "시술이 잘 되었고 정확한 자리에 스텐트가 안착되었으며 문제가 없다"고 안심하라 하신다. 중환자실에서 1박을 하고 다음 날 아침에 퇴원을 했다. 선생님은 아침에도 다시 오셔서 내 상태를 물으셨다. 며칠 뒤 다시 내원하여 진료를 받기로 하고 병원을 나왔다. 친절한 의사 선생님이며 생명의 은인이다.

짧은 시간이지만 가슴 졸였던 시간. 세월은 흘렀으나 지금 생각해도 꿈만 같다. 2017년 5월 어느 날이었으므로 올해 만 3년이 된 것이다. 지금은 두 달에 한번 정도 보라매병원에서 일상적인 검사를 한다.

하느님이 매순간 내 곁에서 인도해주셨기에 지금 살아있음이 아닌가? 항상 나의 손을 놓지 않고, 같이 가자고 하시는 것만 같다. 그것이 위안이 되어 "하느님 감사합니다. 열심히 살겠습니다."라고 매일 기도한다. 내 인생에서 세 번씩이나 커다란 시련을 겪었지만 그때마다 나를 잡고 계시는 하느님! 당신 뜻대로 하소서! 오늘도 높은 산을 넘고 계곡을 건너며, 내가 가야 할 길을 열심히 그리고 천천히 걷고 있다.

고집

토담집 굴뚝 양지에서
소꿉놀이

나는 신랑
너는 색시

한참 놀다가 여자아이
나도 신랑 한 번 하자.

아니야, 안 돼.

자꾸 조르지만
고집이다.

여자아이
흙먼지 털며

너랑 안 놀아
집으로 간다.

'나, 신부할 줄 모르는데—'

고개를 젓는다.

술 한잔

젊은 시절, 나는 술을 마시지 못했다. 술을 마시면 몸에 이상이 있어 그러한 것은 아니다. 술은 나에게 독이 된다는 엄마의 말씀에 따라, 한 잔 이상은 마시지 않았다.

중학교 2학년 때, 먼 길을 통학하거나 자취 생활을 하면서 잘 챙겨먹지 못한 탓인지 영양이 결핍되어 결핵 진단을 받았다. 결핵과 싸운 일 년 반의 고생과 눈물을 잊지 못한다. 당시 결핵 환자는 전염병이기 때문에 나라에서 격리되었다. 주위의 시선을 피하고자 결핵 사실을 숨기면서, 엄마와 나는 그렇게 약간 어두운 시절을 보냈다. 그러다 보니 엄마는 내가 성년이 되어서도 술은 절대 가까이하지 못하도록 권유했고, 자연스레 술을 안 마시는 사람으로 인식된 것이다.

어머니가 하늘나라로 가신 후, 친구가 우리 회사에서 같이 일한 적이 있다. 그는 원래 술을 잘하고 즐기는 친구였다. 그와 함께 몇 년간 한두 잔의 술을 기울인 적은 있으나, 그뿐이었다. 그러다가 내 나이 칠순 중턱에 와서 지금은 일주일에 두세 번씩 막걸리 한 병, 아니면 청하 한 병을 놓고 마신다. 아내에게 한잔을 따라주고 나머지는 내가 다 마신다. 저녁때가 되면 술 생각이 나서 막걸리 한 병을 사다가 냉장고에 넣어둔다. 안주(저녁거리)가 색다른 날에는 거의 술을 마신다. 그러나 절대 과하게 술을 마시거나 12시가 넘도록 음주를 하지는 않는다. 오히려 술을 자주 마신다든지 새벽까지 술을 하는 사람을 이해하지 못한다. 가까이 있는 사람들이 과음을 해서 건강을 해치는 것이 그저 안타까울 뿐이다.

어느 해인가, 직원 생일을 축하해 주려고 술을 먹게 되었다. 그때 서로 술잔을 기울이다가 내가 너무 과음하여 필름이 끊긴 적이 있다. 술을 먹은 이튿날, 어제 일을 전혀 기억 못한다는 이야기를 들으면 나는 속으로 '어떻게 그럴 수가 있나?'라고 부정하였는데, 내가 소위 말해 필름이 끊기는 경험을 한 것이다. 신기하기도 하고 내가 몰랐던 세상을 알게 된 것이다. 아무튼 직원 생일날 새로운 역사를 기록했다. 아마 이 기억은 영원히 잊히지 않을 것이다.

요즘도 종종 술을 마신다. 술이 좋은 건지, 가끔은 현실에서 벗어나고 싶은 건지, 아니면 다른 무엇이 있는지 이유를 모른 채 그저 술을 먹는다. 가족과 함께 하는 식사 자리에서도 예외 없이 술을 한잔 깃들인다.

영서가 내 술잔에 조심스럽게 따라주는 술이 좋고, 그 마음이 예뻐 기분 좋게 술을 마실 때도 있다. 초저녁잠이 있는 나는 빨리 잠자리에 드는 편인데, 한잔 술을 마시면 집에 오는 대로 내 방에 가서 무조건 잔다.

어제도 아내와 나는 친구 내외와 함께 오리고기를 먹으며 한잔하고 잤다. 부스스 몸을 털고 일어나는 시간은 새벽 두시 경. 밖은 적막과 어둠만이 있다. 좌우간 요즈음 술이 좋고, 술을 마시면서도 꿈을 그리고, 얼마 남지 않은 나의 인생을 곰곰이 생각한다.

탈무드에 이런 문구가 있다.

"승자는 눈을 밟아 길을 만들고 패자는 눈이 녹기를 기다린다."

나는 어떤 사람인가? 생각이 많아지는 밤이다.

비

베란다에
비가 내리네.

천천히 내린 비는
천천히 원을 그리고

후다닥 내린 비는
콩 튀듯 원을 그리네.

수많은 원을 그리고
수많은 원이 사라지네.

나도 원을 그리네,
인생의 원을.

큰 원을 그리고
작은 원도 그리네.

원의 잔치가 펼쳐지네.

하나 남은 마지막 꿈

20여 년 전부터 마음에 담고 있던 꿈이 있다. 세계여행! 일에 치여 바쁘다는 이유로 혹은 내가 책임져야 하는 사람들이 많아 나는 꿈을 이루겠다는 막연한 마음만 먹고 상상만 했을 뿐 감히 계획하지도 실행하지도 못했다. 그렇게 칠십 중턱에 와 있다. 그래서일까, 요즘은 마음이 제법 초조해진다. 나는 꿈을 포기할 수가 없었다. 이 꿈을 실현하지 않으면 마치 지금까지 살아온 전부가 실패인 것 같은 생각이 들었다. 젊은 날부터 간직해온 그 꿈을 이루기 위해 차분한 마음으로 차근차근 계획하기 시작했다. 나는 언제나 나이를 먹으면 '혼자 자유롭게 세계 구석구석을 돌아보며 그 속에 사는 사람들과 관계를 맺으며 인생의 끝자락을 조용히 그리고 의미 있게 마무리하고 싶다.'는 생각을 하고 있었다. 그러기 위해서는 지금 내게 얽혀 있는 모든 것을 정리해야 한다.

지금 내가 경영하고 있는 의료기 회사 '유일기기'와 IT 회사 '카프이엔지'를 합병하고 후계자가 전체를 수월하게 관리할 수 있게 정리하고 나서야 내가 입고 있는 모든 짐에서 벗어날 수 있을 것이리라. 이 계획은 늦어도 빨리 마무리할 예정이다. 모든 것이 정리되면 여행을 떠나야지. 그러기 위해 지금부터 준비해야 할 일이 많다. 기본적으로 영어 공부를 더 해야겠다. 또 세계지리도 공부하는 것이 좋겠지. 코스 선택과 여행의 방법은 어떻게 하는 것이 좋을까? 젊은 나이가 아닌 탓에 제대로 된 계획이 없고서는 힘들 것이다. 건강하게 꿈을 이루기 위해 몸 관리도 시작해야겠다. 여러 가지 궁리를 하다 보니 벌써 꿈을 이룬 것 같은 느낌마저 든다.

전 세계의 아름다운 길 위에서 걷고, 보고, 느낀 것을 온전하게 기록하고 표현할 수 있기를 바란다. 하루는 적도 아래에서 하루는 빙하 위에서 나의 꿈을 내디딜 수 있는 날이 반드시 오겠지. 또한 아직 경험해 보지 못한 맛있는 음식도 먹으면서 새로운 다른 문화를 가지고 있는 사람들과 조화로운 교류가 있기를 기대한다. 물론 꿈을 이루기 위한 고생이야 있겠지만 무리하지 않게 하나씩 하나씩 실행해서 꿈을 엮어두는 노트가 두꺼워질 것을 생각하니 벌써 마음이 벅차다.

주여-, 나의 꿈이 이루어질 힘을 내게 주소서.

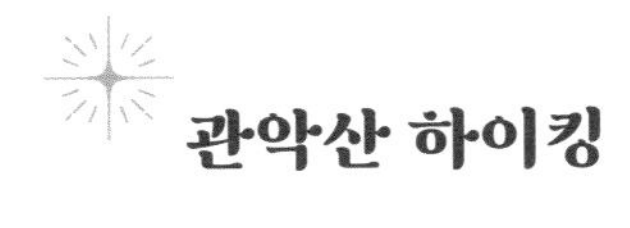

관악산 하이킹

그간 심장 수술이며 혈압 조정 등으로 꾸준히 병원에 다녔던 터라, 건강에 큰 문제점은 아직 없는 것 같다. 매일같이 하루에 만보 걷기를 결심한 후에는 시간이 남는 대로 보라매 운동장을 걷는다. 가끔은 관악산 중턱까지 천천히 혼자서 걸을 때도 있다.

오늘은 집에서 관악산까지 걷기로 마음을 먹고 집을 나섰다. 하얀 구름이 하늘을 덮고 봄바람도 살랑 불어오는 날씨가 봄처녀를 연상케 한다. 그늘을 따라 걷는다. 봉천역을 지나 서울대입구역을 향해 걷는다. 코로나19의 영향인지 휴일이라 그런지 서울의 거리가 쥐죽은 듯 조용하다. 서울대 사거리를 가기 전 샛길을 택하여 고개를 오르니 숨이 차다. 차림도 등산복인지라 쉬어가자고 마음을 먹고 그늘진 곳에 몸을 맡기니 참 편하다.

저 멀리 고갯길에는 관악산 등산을 마치고 오던 길에 국밥을 먹고 막걸리도 한잔 하던 '전라도 국밥'집이 보인다. 저곳에서 막걸리 한잔 마시고 가자 마음먹고 식당을 들어서니 안면이 있는 사장님이 반긴다. 시원한 막걸리 한잔을 마시니 마음도 시원, 몸도 시원, 걸음도 가뿐한 것 같다.

입가의 막걸리 자국을 한 손으로 쓱 닦으며 식당 문을 나섰다. 힘있게 내달으니 삽시간에 서울대 치대 고개를 오를 수 있었다. 앞을 바라보니 장엄한 관악산이 서 있고 그 안에 여린 연녹색의 잎들이 내 마음을 흔들고 있다.

아! 저 아름다운 생명의 빛깔! 높은 가지 속, 진한 녹색의 분장이 근엄하다. 자연이 보여주는 색깔의 조화가 어찌 이리도 위대한가. 울긋불긋 봄꽃보다 더 좋은 푸르름 속에 녹아들었다.

녹음의 힘을 받아 한 발, 두 발 산을 오르니 어느새 중턱에 와 있다. 나무계단 난간에 몸을 기대어 먼 하늘을 본다. 저 하늘 아래 벗님들 잘 있겠지. 문득 불러보고 싶은 많은 이름들이 생각난다. 지금은 어디에서 무엇을 하는지?

한참을 쉬고 나니 몸이 아래로, 아래로 내려앉는다. 나는 용기를 내어 두 팔을 하늘로 뻗는다. 다리를 쭉쭉 펴고 허리도 좌우로 돌린다. 고개를 힘껏 뒤로 젖히고 하니 조금은 힘도 나고 생기가 돈는다. 목표 지점이 얼마 남지 않았다. 가끔 이렇게 혼자서 관악산을 오르며 느끼는 마음이 행복하다. 그 누구도 이 맛을 느끼지 못할 것만 같아 더욱 어깨가 으쓱하다.

이 귀하고 외로운 혼자만의 하이킹-.

참 좋다.

목표 지점에 당도하여 그곳의 마련된 의자에 몸을 묻고 하늘을 본다. 하늘도 나를 보고 있다. 하늘은 인사차 구름 한아름 살짝 띄워준다. 나도 빙긋이 웃으며 인사한다. 자연과의 대화이다.

아-

짧게 소리를 지르고 눈을 감고 상념에 잠겨 있으니 잠이 온다. 몸을 뉜 채 한참을 꿈속에 있으니 같이 걸었던 벗님들, 지나간 벗님들. 또다시 그리워진다. 얼굴 하나, 또 다른 얼굴 하나. 하늘 밑에 부지런히 오간다.

짹-짹-.

산새 소리에 눈을 뜨니 나의 마음은 저 밑에 누워 있다. 까맣게 탄 얼굴을 지는 태양에 맡기면서 산을 내려왔다. 족히 2만보를 훨씬 넘긴 나른한 저녁의 하이킹. 집으로 돌아가는 길은 아마도 택시 신세를 져야겠다.

비 2

비가 내리네.

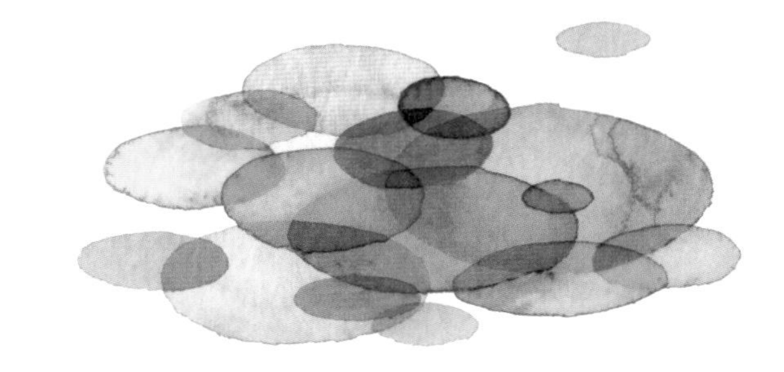

엄마 비는
엄마 원을

아빠 비는
아빠 원을 만드네.

나도
작고 예쁜
원을 그리네.

아빠 원과 마주치니
어느새 하나 되네.
종알종알 속삭이네.

엄마 만나
다함께 손잡고
빙— 돌다가
모두 하나 되었네.

봄비

손자들과 함께 서산 시골에 다녀왔다. 서울에 올라오자마자 점심은 영서가 좋아하는 장어를 먹기로 했다. 다 같이 식사를 하니 나도 모르게 과식을 했다. 아침식사를 하고 서둘러 운전을 한 탓인가. 점심을 먹으니 몸이 좀 피곤하여 잠시 낮잠을 잤다. 밖에는 봄비가 제법 온다. 정말로 반가운 비다.

이른 저녁에는 소화를 시키려고 비가 내리는 중에도 우산을 들고 보라매공원으로 갔다. 비는 제법 우산을 때린다. 꽃들도 비가 좋은가 보다. 노란 꽃은 샛노랗게, 분홍 꽃은 진분홍으로, 빨간 꽃도 더욱 빨갛게 물든다. 호수의 잔잔했던 물결도 기름 튀듯 빗방울이 춤을 춘다. 젖은 벤치에 기대어 호수의 물안개를 본다. 아무도 없는 호수에서 자연의 묘미를 감상한다. 이 순간을 맛보지 못한 사람이 자연을 이야기할 수 있을까. 나는 자연 속에 묻혀 있다.

어둠의 안개가 조용하면서도 넓게 서서히 주위에 내려앉는다. 비는 더욱 세차게 우산을 때린다. 운동화 속으로 찾아온 차가운 봄의 기운이 너무 좋다. 입김조차 내 몸을 간지럽힌다. 멀리 시가지 희미한 네온사인 불빛이 무지개 색깔로 변하고 있다. 처벅, 처벅. 물방울을 튀기며 물장구를 친다. 물방울은 네온사인에 반사되어 무지개 꽃으로 변한다.

마치 꽃들과 경쟁하는 듯하다. 조용히 어둠이 깔린다. 봄비를 맞으며 또 다시 처벅, 처벅. 봄비를 찼다.

어디선가 들리는 음악소리에 젖어 있는데, "따르릉 따르릉" 꼬마 현서에게서 전화가 왔다.

"할아버지, 커피 한 잔 시켜놓고~"

고래고래 소리를 지른다. 오늘 아침 서산에서 꼬마 현서의 손을 잡고 꽃길을 걸으면서 함께 불렀던 노래 한 소절이다. 그 생각이 나서 꼬마 현서가 나에게 전화를 한 것이다.

"커피 한 잔 시켜놓고."

서산에서 손자와 나는 연신 "커피 한 잔 시켜놓고"만 소리 높여 노래했다. 꽃길의 꽃들도 덩달아 '커피 한 잔을 시켜놓고'를 따라 부르는 것만 같았다.

그래서 나도 전화기에 대고 "커피 한 잔 시켜놓고"를 소리 내어 불렀다. 보라매 호수공원, 누구 하나 없이 나 혼자 자연 속에 있으니, 그 목소리는 메아리가 되어 다시 나에게로 온다. 봄의 여신이 나에게만 봄의 진짜 맛을 선사하는 듯하다.

비는 점점 세차게 변한다. 무릎까지 봄비가 젖어 있다. 불현듯 봄 여인과 함께 비를 맞고 싶어 우산을 내린다. 봄비 속에 몸을 맡기니 봄의 여인은 나를 안아준다. 봄의 여인은 차가우면서 포근하다.

아! 자연의 섭리를 나만이 홀로 느끼는 것만 같아 미안하다. 짙은 어둠이 점차 나를 고요함 속으로 몰고 있다. 봄비도 나를 고요한 공원 속 호숫가로 몰고 와 나에게만 속삭인다. 봄이다, 봄비다. 참으로 아름다운 봄비 속에서 혼자만의 잔치를 연다. 사랑한다, 봄비!

밴쿠버의 비

비가 내린다.
하염없이 내린다.
겨울인데도 봄비마냥
소리 없이 내린다.

쭉 뻗은 나무들
높은 하늘
먼지 없는 거리
자연이 만든 질서 속에

태고의 비처럼
조용히 내려오는
밴쿠버의 비.

꿈

아프리카를 걷는다.

유럽도 간다.

힘들면 쉬면서

시원한 맥주 한잔에 피로를 잊는다.

다시 태양이 뜨면

아름다운 스위스 초원 언덕에 앉아서

이야기를 한다

그윽한 커피향기를 가슴에 안는다.

새로운 태양이 뜬다.

뛰고 걷고

행복의 단어를 메고

긴 여행을 한다.

꿈

이뤄지리라.

광복절과 태극기

2020년 광복절은 광화문 태극기 물결 속에 있기로 며칠 전부터 친구들과 약속했다. 바로, 우리 동네 모임인 '건우회' 친구들과의 약속이다. 만남을 위해 아침부터 서로 전화를 주고받았다. 신림동에서 11시에 만나 택시를 타고 청와대 쪽으로 이동했다. 점심때인지라 칼국수로 유명하다는 '황생가칼국수'에서 다함께 식사를 했다. 진한 막걸리를 곁들이니 우정이 절로 샘솟는 느낌이다. 밖에는 억세게, 때로는 가늘게 빗소리가 창가를 두드린다.

친구들과 대화를 하면 옛날이 다시 찾아오고 내일이 미리 와서 문을 두드린다. 생각지도 않게, 내년쯤 세계여행을 가기로 결정도 하게 되었다. 수다를 떠니 참 재미있다. 이래서 친구가 좋고 술이 좋다. 배를 채운 우리 일행은 이순신 동상을 향하여 걷기 시작했다. 그런데 갑자기 연두색 제복의 물결이 우리 앞을 막는다.

'왜지?'

우리는 하고픈 말이 있어 모였고 그 말을 하고자 할 뿐인데 너무 무지하다. 3년 전 그들은 질서도 명분도 없이 이 광화문을 차지했다. 그들에게 "나라가 네 것이냐"고 묻고 싶다. 기회와 공평은 사라진 지 오래고 오만과 독선은 왜 자주 일어나는가.

배고픔을 참고 나라를 걱정하며 성장한 우리 세대는, 힘겨운 시대를 직접 경험하고 극복하기 위해 실천한 주인이다. 그러나 현 정부는 국민의 고통과 노력으로 일궈낸 나라라는 사실을 모르는 척 자기들 뜻대로 가고 있다. 우리는 그 길을 바로 인도하고 싶다. 바로 그것뿐이다.

우리 일행은 제지하는 무리를 제치고 태극기와 성조기를 흔들며 앞만 보고 걸어갔다. 그리고 우리나라가 바로 가도록 청와대 북쪽을 향하여 외쳤다.

"자유와 공정을 지키자!"

광화문에서 서울역까지 이어진 행렬의 소리가 더 높다. 그럼에도 우리는 질서를 지키면서 우리의 뜻을 한참동안 외치었다. 한편으로는 오늘날의 젊은 세대가 무심한 것이 안타깝다. 침묵하는 나라가 걱정된다. 희생과 배려가 사라진 현실. 젊은이들도 역사의 소리를 듣고 변화하기를 바랄 뿐이다.

수많은 인파 속에 하루를 묻고 돌아오는 발길은 너무 힘들다. 매운 낙지볶음에 다시 술 한 잔을 곁들인다. '꿈속에는 길이 있을까?'를 생각하고 있을 때, 캐나다에서 손녀의 인사가 전해진다.

"할아버지 주무세요."

나를 안으며 하는 손녀의 말 속에 한 가닥 걱정이 숨어 있다.

주여, 나를 어디로 인도하시나이까.

꿈속으로, 꿈속으로 걸어간다.

광화문 풍경

광화문 거리를 지난다.
태극기
성조기 물결

할아버지
할머니
아저씨
아줌마
대문을 박차고
광화문으로 나온다.

"나라가 네 것이냐?"
소리친다.

태극기와 성조기는
왜 같이 있나.

우리나라가
둘로 쪼개지고 있다.

지금은 침묵하자.

그리고

다시 일어나자.

카톡방

카톡 카톡
소식이 온다
누구일까?
신경이 쓰이지만 억지로 외면한다.

단짝 친구
그룹 친구
소꿉 친구
친구도 다양하다.

카톡 맨 윗방은 마누라 방
어디세요?
무엇해요?
호출이다.

하루에도 몇 번씩 울리는
카톡방 소식

멀리 있는 친구
가까이 오고
학교 간 손자들
손 안에 있다.

카톡
카톡
카톡 카톡

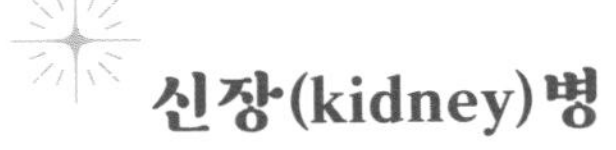

신장(kidney)병

요즈음 몸에 힘이 빠지고 다리에 힘이 부족하여 걷는 것이 옛날 같지 않다. 원래 자랑할 만큼 건강한 체력을 가지고 있진 않았지만, 항상 내 나이에 비해서는 남들보다 건강하다고 생각했다. 하지만 언제부턴가 피곤을 자주 느끼고 힘이 들면 자리에 눕고 싶은 생각부터 들었다. 나는 두 달에 한 번씩 병원에 가서 정기적으로 검진을 받는다. 2021년 봄, 검진 결과 의사 선생님은 신장 수치가 좋지 않다고 하셨다. 그해 여름에는 신장 기능이 36%까지 작용하지 않는다면서 심히 걱정하셨다. 40대부터 고혈압 약을 꾸준히 복용하고 있고, 심장병과 고지혈 등으로 약을 많이 먹은 것이 아마도 신장 기능에 무리를 준 것 같다.

신장은 몸의 노폐물을 배설하고 체내의 항상성을 유지하는 기관으로 아랫배 뒤쪽에 쌍으로 위치하면서 산·염기 및 전해질 대사 등을 유지하는 중요한 장기이다. 신장은 인체에서 필요한 수분과 영양분이 재흡수 되어 최종적으로 소변을 만들어낸다. 혈압 유지, 빈혈 교정, 칼슘과 인 대사에 호르몬을 생산하고 활성화하는 것으로 알고 있다. 따라서 의사 선생님은 더 신장에 무리가 가지 않게 절대 술을 마시지 말고, 음식을 짜게 먹지 말라고 경고를 하셨다. 이 상태대로 가다가 신장의 기능이 10% 이하가 되면 투석이나 이식을 해야만 목숨을 부지한다고 하니 갑자기 날벼락이다. 특히 내 주위에 신장이 안 좋아 투석을 하는 분이 있어 그 사정을 잘 알고 있다.

의사 선생님은 저염식을 해야 함은 물론 강한 식품이나 날 것은 삼가라 하신다. 신장 환자 교육에 의하면 편하게 먹을 음식은 거의 없다. 그저 먹는 것, 활동하는 것 모두 조심하란다. 그러면 이것이 산 목숨인가? 죽은 목숨인가? 적게, 자주, 조심해서 먹고 운동을 적당히 계속하란다. 마음은 차분히 하고 매일 조심하며 살아갈 수밖에 없다. 산다는 것이 다 그러하니 순응하자 다짐했다.

어린 시절에는 결핵으로 중년에는 고혈압으로 결국에는 심장에 스텐트까지 한 내가 아닌가? 한때 급성폐렴이 와서 폐의 상태가 좋지 않은 상황에서 신장에까지 문제가 있다 하니 참 걱정이다. 최근 조금씩 술의 즐거움을 알아가던 차에 그것도 못하게 되었다니 실망이 이만저만한 것이 아니다. 내 마음대로 할 수 있는 것이 없으니 마음도 불편하고 분노가 치밀어 오른다. 하지만 어찌할 수 없는 것이 아닌가? 운동도 적당히, 음식도 조심, 스트레스 받지 않도록 마음도 잘 다듬어야 하는데 걱정이다. 앞으로는 내 몸을 어린아이처럼 다루어야 할 것만 같다. 나이가 들수록 다시 어린이가 된다고 그랬던가? 꽃이 피고 지면 열매를 맺고, 그 열매가 떨어지고 다시 꽃이 피는 것, 그것이 인생이 아닌가? 내 나이 여든 살 고개를 향하니 최후까지 열심히 살아야 할 용기가 필요해진다.

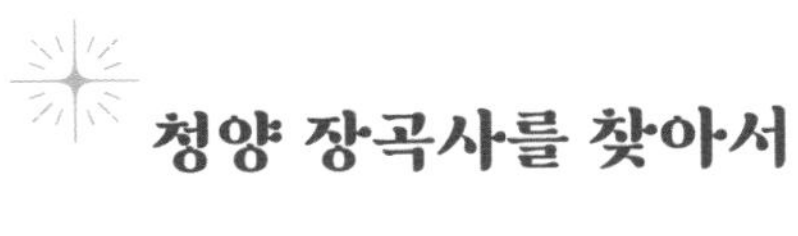

청양 장곡사를 찾아서

2021년 2월 28일. 입춘을 맞이하니 아침저녁으로는 쌀쌀하지만, 날씨도 어찌하지 못하고 낮에는 따뜻한 기운이 완연하다. 봄이 오는 소리가 저 멀리서 들려오는 듯하다. 구정을 지나 갑자기 수온주가 내려갔지만, 날씨는 세월을 막지 못한다. 춥다가도 따뜻하고 따뜻하다가도 문득 추워진다. 그러나 구정을 지나 3월이 눈앞에 오니, 봄의 여신은 어김없이 내 눈앞에 나타났다. 오늘은 어제 계획한 대로 청양에 자리 잡은 고찰을 보러 갈 작정이다. 나는 간단히 아침밥을 먹고 열시쯤 장곡사를 향하여 차를 몰았다.

장곡사는 상(上) 대웅전과 하(下) 대웅전으로 구별하는 것이 특징이다. 신라 문성왕 12년에 서기 850년 보조선사가 건립한 절이라고 하니 1,100년이 넘은 고찰이다. 물론, 고려 시대 또는 조선 말기에 고쳐 지었다고 한다. 건축 양식은 다른 절과 비교했을 때 약간 다르다. 석조 대좌 위에 철조약사여래좌상(국보 제58호)과 철조비로자나불좌상(보물 제174호)이 있다.

그러나 나의 관심은 여기에 있는 것이 아니다. 절에서의 마루는 대개 원목으로 되어 있으나, 이곳은 나무가 아닌 돌에 꽃무늬를 조각하여 만들었다. 어느 곳에서도 볼 수 없는 돌마루로 되어 있어 내게 특별하게 다가온 것이다. 꽃의 무늬가 정교하고 단아하여 내 마음을 온통 빼앗았다. 마치 기왓장 모양을 만들어 찍어낸 것 같기도 하고, 꽃 모양이 서로 쌍둥이마냥 나란히 누워 있다. 봄이 되면 물을 머물고 금방이라도 꽃잎이 터져 나올 것만 같다.

천년의 손길을 가만히 보고 있자니, 내가 천년 전 과거로 돌아가 서로 마주하는 듯한 기분이다. 어여쁜 무늬를 사진에 담고서야 천천히 대웅전을 벗어날 수 있었다. 천하를 차지한 영웅처럼 가슴이 뛴다.

절의 이곳저곳을 살핀 후에는, 아내와 함께 경사 길을 걸었다. 아랫마을 음식점 마당마다차량이 가득했다. 청국장 맛집인 '은행집'을 찾아 배를 채우니, 이 또한 즐거움이다.

이월의 마지막 날, 봄의 문턱에서 장곡사의 향기 속에 하루를 보낸 것이, 이제는 역사의 한 장면이 되었다. 고속도로를 달리면서도 나의 마음은 봄을 부른다.

봄아! 어서 와라. 꽃피는 좋은 시절을 같이 하자.

영어 공부

월요일
목요일
영어 공부 날

들어도
들어도
멀어지는 말들

소리를 내고
영상을 보고
쓰기도 하지만

시간이 지나면
머릿속은 하얗다.

세월 탓인가?

쌓인 책은 높은데
머릿속은 온통 백지

그래 잊어라.
다시 하리라.

잊고 또 하면
그림자라도 남겠지.

I will never forget

2020년을 잊을 수 없다.

마스크 속에서
격리 속에서
일년 내내
코로나가 나를 묶었다.

점심시간을
자유를
가족과 친구의 만남도
가로막는 세월

분노와 불평과 저주로
보내는 시간

2020년 마지막까지
우리 안에서
웅크리고 있다.

2021년은 희망이 있기를!

콜라 한잔

가슴이 답답하다.
물을 마신다.
여전히
답답하다.

시원한 콜라 한잔
뼛속까지 스민다.

짜릿한 파도가 퍼진다.
가슴을 청소한다.

콜라 한잔,
특효약이 따로 없다.

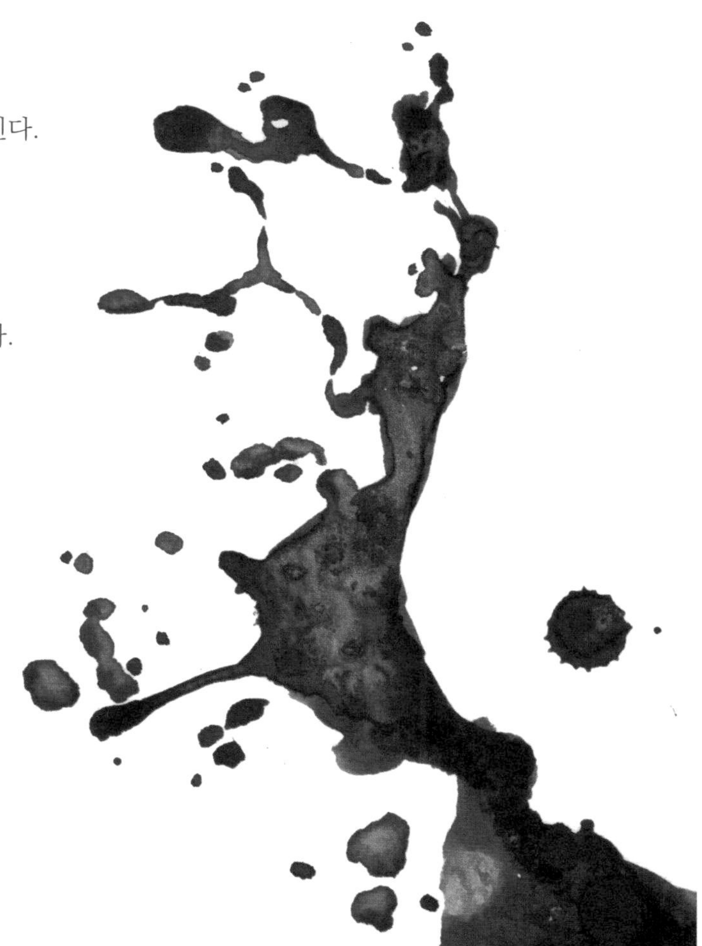

To the horizon

Wow-

Shout out loudly to the horizon

The voice touches my ears

I am alive

I whisper quietly back

It warms my heart

My eyes closes softly

I am in the wave of ecstasy.

칼국수

그윽하고 진한
국물

어디에서
먹어 보았더라?
엄마 맛이다.

깔랑한 면발
아싹한 김치
엄마 거다.

그래서 이 집이 좋아
엄마가 있어서….

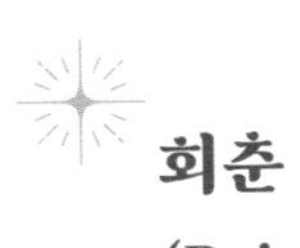

회춘
(Rejuvenation)

나무는

봄이면 새싹이 나고

푸르고

꽃이 피고

잎이 지고

가지로 겨울을 맞이하네.

봄이 되면

다시 새잎이 돋네.

인간은 왜

봄이 다시 오지 않는가?

다시

봄이고 싶다.

나무가 사계절 순응하듯

인간도 봄, 여름, 가을, 겨울

그리고

다시

봄이고 싶다.

흑산도의 아침

산 사이로
얼굴 내민 빨간 해님
조금씩 조금씩
솟아오르네.

서녘
조개구름 사이
반쪽 달님도

해님 보고 눈부셔
구름 속에 숨네.

통통통
돛단배 하나
바다를 깨우면서
하얀 물꼬리를 만드네.

끼룩 끼룩

갈매기 한쌍

춤을 추며

흑산도의 아침을 여네.

참새

양지바른 헛간 모퉁이
참새 몇 마리
꼬리를 쫄랑대며
먹이를 먹는다.

날자
푸른 하늘로
날아보자.

날다 보니
같이 날자던 참새는 없고
나 혼자 쫑알쫑알

다시 볏 더미로 돌아오니
맛있다 맛있다.
혼자 먹고 있네.

너, 그러기야?
쫑알쫑알.

밥 한 끼

된장찌개 8,000원
코다리찜 9,000원
고등어구이 6,000원

가끔 둘이서 외식하면
한 달에 십만 원

살아갈 날
이십 년이라 해도
고작
이천사백만 원

친구를 보고
가족도 보고

짧은 시간
웃을 수 있다면
그걸로 됐지.

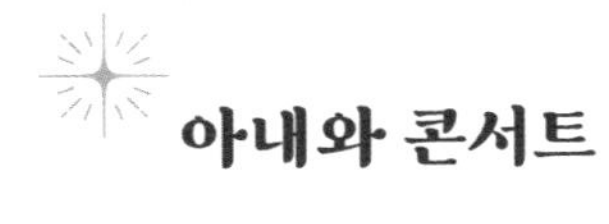

아내와 콘서트

2020년 온 세계를 뒤덮은 가장 큰 이슈는 단연 코로나19다. 그러나 우리 가족에게는 또 다른 이슈가 생겼다. 사람을 만날 수 없어 지쳐가는 우리에게 큰 즐거움이 되어 준 것은 2020년 매주 목요일 밤 방영된 '미스터트롯'이었다. 트롯 바람이 분 것이다. 나와 나의 아내는 칠십 평생 음악에 그리 관심이 없었다. 하지만 코로나19로 활동에 제약이 생기면서 우리 가족은 TV 프로그램을 시청하는 시간이 길어졌고 트롯의 즐거움에 빠져들었다. 특히 우리 부부가 응원하는 가수는 '김호중'이다. 성악을 했던 탓에 단단한 목소리와 풍성한 성량을 뽐내는 그의 노래는 단번에 우리의 마음을 사로잡았다.

아내는 매일같이 김호중 유튜브 채널에 접속하곤 한다. 코로나19 전에는 아침부터 성당을 나가 친구들을 만나 하루를 지냈던 아내는 성당을 가지 못하는 상황이 오래 지속되니 온종일 트롯 특히, 김호중의 노래 속에 묻혀 있다. 김호중이 살아온 것이 어땠는지, 노래가 어떤지, 댓글이 어떻게 달렸는지 야단법석이다. 이런 아내의 지극정성에 매일같이 그의 노래를 들었다. 그러다보니 어느 순간 나도 그의 노래를 들으면 가슴이 탁 트이는 것 같이 속이 후련해졌다. 초저녁잠이 많은 나지만 '미스터트롯'을 방영하는 밤에는 아내와 같이 TV 시청을 위해

12시를 넘기는 것이 당연해졌다.

김호중이 콘서트를 한다는 소식을 들었다. 태어나 한 번도 직접 콘서트 티켓을 사본 적이 없는 나는 조카에게 티켓 네 장을 사달라고 부탁했다. 괜히 멋쩍은 마음에 아내가 좋아한다는 말을 덧붙였다.

2020년 8월 14일 오후 3시, 강서구 공항로에서 열리는 KBS 아레나 콘서트에 동서 내외와 함께 갔다. 콘서트장에 도착하니 보라색 물결이 가득했다. 그 안에서 우리 일행 외에 남자를 찾아보기 어려워 속으로 적잖이 당황했다. 방역수칙에 따라 거리두기며 마스크 쓰기 등 진행자의 지휘와 관객들의 협조로 질서 정연하게 콘서트장에 입장할 수 있었다. 한 가수를 사랑하는 무리라 그런지 관객들은 모두 방역수칙에 어긋남 없이 진행자의 지시에 잘 따라주었다. 우리에게 배정된 좌석은 3층 맨 앞줄이었다. 무대를 정면으로 두고 앞을 가리는 것이 없어 공연을 즐기기에 최적이라 느껴졌다.

공연을 시작하기 전, 주변을 둘러보니 1,500 관객석 모두가 보랏빛으로 물들어 있었다. 김호중 팬임을 상징하는 색상이 보라색이니 당연한 일이었겠지만 그중 드물게 보라색 옷을 입지 않은 사람들도 보였다. 하지만 보라색 옷을 입지 않는 사람들 역시 보라색의 화려한 장신구나 응원을 위한 다양한 도구들을 들고 있었다. 그들만의 방식으로 새로운 문화를 이끌어가는 모습은 나에게 낯설지만 색다르게 그리고 새로운 경험으로 다가왔다.

옆에서, 뒤에서, 아내에게 접근한 몇몇 사람은 팬카페 가입 권유와 함께 작은 선물을 건넨다. 사소한 선물을 받고도 함박 미소를 지어 보이는 아내의 모습을 보니 이 시간이 퍽 즐거운 추억이 될 것 같았다.

이내 사회자의 멘트와 함께 콘서트가 시작되었다. 공연장이 떠나갈 듯 박수 소리로 가득했다.

김호중이 담담하게 자신이 살아온 이야기를 했다. 이야기를 끝낸 그가 노래하기 시작했다. 신나는 음악에는 덩달아 웃다가 슬픈 사연이 담긴 노래를 들을 때는 눈가에 눈물이 가득 담겼다. 그는 부모님이 세 살에 이혼하여 할머니 손에서 자라야 했던 자신의 삶을 이야기했다. 그의 설움과 아픔이 모두에게 전달된 까닭일까, 1,500 관중 모두의 눈가에 눈물이 어린다.

'할머니…', '너나 나나', '보릿고개' 등 애절한 목소리로 공연장을 가득 메운 그의 목소리에 나는 공연 내내 숨 쉴 틈 없이 빠져들었다. 난생처음 간 콘서트, 아내를 위한 작은 이벤트로 준비한 선물이었지만 그 시간이 숲속에서 길을 잃었던 나를 찾게 해준 것 같았다. 공연이 끝나 아내와 함께 삼겹살에 소주 한잔 걸치니 괜히 기분이 더 좋아졌다.

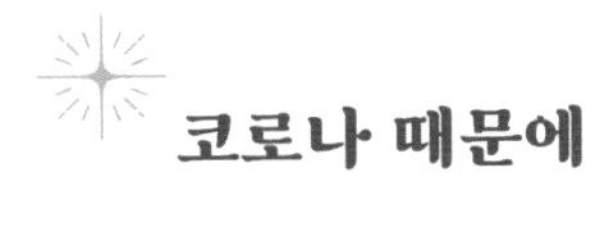

코로나 때문에

2020년 4월 17일. 우리 부부는 딸 내외가 생활하고 있는 캐나다 밴쿠버에 가기로 했다. 몇 달 전, 비행기 표를 예약한 후, 필요한 물건을 준비하기 위해 야단법석을 떨었다. 그러다 갑자기 아내가 교통사고를 당했다. 사고가 난 직후에 아내는 병원에 가서 엑스레이를 찍고 물리치료도 했다. 아내의 뼈에는 이상이 없었는데 타박상이 심해 완치되기까지는 약 한 달이 걸린다고 했다.

불행인지 다행인지 떠나기로 예약되어 있던 날 아침, 캐나다 총리가 자국민과 미국인 외에는 캐나다 입국 금지를 선언했다. 물론 예약되어 있던 우리는 캐나다에 입국은 할 수는 있는 상황이었다. 하지만 현지에 도착해서도 행동에 제약이 많을 거라는 말과 함께 예약해둔 모든 행선지가 취소되었다는 말을 전해 들었다. 특히, 한국으로 돌아오는 날짜에 비행기가 결항한 상황이다. 그래서 한국으로 돌아오기 위해서는 미국을 경유해서 들어와야 한단다. 코로나19로 우리나라는 물론 세계가, 모든 세상이 멈춰진 것 같았다.

'카톡, 카톡.'

캐나다에 있는 외손녀에게 온 소식이다.

'즐거운 봄방학이 날아갔어. 할아버지 보고 싶어요.'

눈물 섞인 손녀의 톡을 보고 있으니 더 그리운 마음이 든다. 내 몸은 서울에 앉아 있었지만 멍해진 내 영혼은 이미 캐나다로 가 있었다. 안정되지 않은 마음을 다잡고 현실을 마주했다. 딸이 필요하다고 해서 캐나다에 가지고 가려고 싸 두었던 물건들을 하나씩 꺼내 박스에 차곡차곡 담았다. 이것은 소민이 것, 이것은 준원이 것, 이것은 비상약……. 제법 큰 상자 가득 딸에게 그리고 손주에게 전하고 싶은 나의 마음이 담겼다. 우체국에서 가장 빨리 캐나다로 보낼 수 있는 비행기편 택배로 부치려고 마음먹었다. 무게 13kg, 금액이 13만3,000원이나 나왔다. 배보다 배꼽이 더 컸다. 하지만 자식, 손주들 얼굴을 떠올리니 마음이 든든해졌다.

그러나 우체국 직원이 이 소포는 언제 캐나다에 도착할 수 있을지 자신들도 모른단다. 평상시에는 일주일 정도 걸리는데 한 달이 될지 석 달이 걸릴지 알 수 없다고 했다. 그런데도 나는 기다리고 있을 아이들이 생각나서 캐나다로 짐을 부치지 않을 수 없었다.

집으로 돌아와 실망했을 아내를 위로했다. 하지만 아내는 오히려 마음이 편해졌단다. 이미 항공편이고 일정들을 예약해 놓은 상태였기에 캐나다에 가지 않겠다고 할 수도 없었단다. 그래서 불편함을 무릅쓰고 급하게 치료를 해야 했던 아내는 캐나다에 가지 못하게 되니 오히려 몸도 마음도 편안하다며 오늘에서야 실토한다. 그간 티도 내지 못한 채 속으로 많은 고민이 있었으리라.

아침마다 나는 딸과 메신저로 소식을 주고받는다. 지구 반대편 캐나다에 있지만, 세상이 발전해 마치 옆집에 사는 듯 딸의 자세한 소식을 매일 전해들을 수 있다.

캐나다 갈 일이 무산되던 날 역시 딸에게 연락이 왔다. 모든 공공건물이 폐쇄되는 바람에 집안에 꼼짝없이 갇힌 신세가 되었고, 봄방학이 시작되어 아이들도 학교에 가지 않는다고 한다. 옆에서 손주들도 한마디씩 거든다. 봄방학이 무기한 연기되어 언제 학교에 다시 나가서 친구를 볼 수 있을지 모르는 처지란다.

모두가 막막하겠지만 이런 상황에서도 그냥 주저앉아 있을 수는 없다. 우리는 어려운 상황을 항상 슬기롭게 극복해 내지 않았는가. 나는 손주들에게 어려운 환경을 슬기롭게 극복하고 전진할 수 있는 용기를 전했다.

부산 오륙도

2016년 새해를 맞아 새로운 각오를 다지기 위해 가족과 함께하는 여행을 계획했다. 아들, 딸 식구 총 11명의 대식구를 이끌고 부산을 향했다. 일로 종종 부산을 찾은 적이 있었지만, 그간 여행을 목적으로 부산에 오게 된 것은 십여 년 전의 일인 것 같다. 기차를 타고 도착한 부산역은 엄청나게 변해 있었다. 역앞 광장이며, 부두 그리고 바다 위 다리, 해안을 중심으로 빌딩 숲이 우뚝 솟아 있다. 마치 외국에 온 기분이 들었다.

숙소에 짐을 푼 우리는 한 시간씩 줄을 설 만큼 유명하다는 식당에서 식사를 했다. 그리고 이곳저곳 돌아다니며 손자들과 함께 즐겁게 지냈다. 부산에 오면 해운대나 시내에서 신선한 해산물 요리와 함께 소주 한 잔 하던 기억이 난다. 하지만 이번 여행에서는 좀 더 특별한 시간을 갖고 싶었다. 그래서 우리 부부가 선택한 것은 오륙도를 가는 유람선 여행이었다. 나와 아내는 유람선에서 둘만의 시간을 보내기로 마음먹었다. 선착장에 도착해서 표를 사고 조심스럽게 배에 올랐다. 뱃고동 소리 '뿌-우', 유람선은 하얀 파도를 가르며 바다를 향해 출발한다. 부산은 우리나라 가장 남쪽에 있는 도시이기 때문인지 겨울임에도 그리 춥게 느껴지진 않았는데 배 위에서 맞는 바닷바람은 그 공기가 제법 차가웠다. 승객 대부분은 더 생생한 경치를 보기 위해 배 2층 외부로 올라갔지만, 우리 부부를 포함한 몇 명은 따듯한 1층 선실 내부에 자리를 잡고 경치를 감상했다. 우리 부부는 파도에 출렁거리는 배에서 넘어지지 않으려고 서로 손을 잡고 발에 힘을 주며 서 있었다.

멀리 광안대교가 파도를 견디며 바다 너머에 펼쳐져 있고, 해운대 백사장 주변 건물들은 이국적인 모습을 뽐내고 있었다. 유람선 창 너머로 시시각각 변하는 부산의 경치를 감상했다. 스피커에서는 흥겨운 음악이 흘러나왔다. 선장님의 탁월한 선곡은 유람선에 탑승한 많은 이들에게 부산을 더 잘 느낄 수 있게 해주었다. 이 모든 것이 조화를 이루어 우리 부부는 어느새 부산 여행의 즐거움에 흠뻑 빠져 있었다. 배는 점점 빌딩 숲을 뒤로한 채 먼 바닷속 으로 미끄러지듯 유랑했다, 순식간에 오륙도가 눈앞에 다가왔다.

우리는 음악에 한참 심취되어 있었는데 갑자기 시동과 함께 음악 소리가 꺼졌다. 그리고 선장님이 오륙도에 대한 설명을 시작했다. 선장님의 목소리는 차분하고 낮았지만, 경상도 사투리를 사용하는 탓에 낯설게 느껴졌다. 경상도 사투리는 낯설긴 하지만 마치 트로트 가락처럼 장단과 고저가 느껴져 참 정겹게 느껴진다. 그 정겨운 목소리에 나는 설명에 금세 집중할 수 있었다.

"오륙도는 부산시 용호동 936번지, 1972년 06월 26일 부산 기념물 22호로 지정되었으며 2007년 10월 01일에 국가 지정문화재 명승 제24호로 지정되었습니다. 오륙도는 오랜 세월, 침식작용을 통해 섬이 되었고요. 오륙도는 방패섬, 솔섬, 수리섬, 송곳섬, 굴섬, 등대섬으로 이루어져 있습니다. 방패섬과 솔섬은 바다 밑으론 하나의 바위로 되어 있는데 썰물이 되면 바닷물이 내려가 하나의 섬이 되고 밀물일 때는 바위의 뿌리 부분이 잠겨 양쪽 바위가 물 위에 2개의 섬으로 변하니 하루에도 오 섬이 되었다가 육 섬이 되었다가를 반복합니다."

선장의 설명이 끝나니 '부릉' 배는 다시 뒤뚱거리며 파도를 제치고 달린다. 제3섬인 수리섬을 지나 모양이 송곳처럼 생겨 송곳섬이라 부른다는 제4섬을 지나 제5섬인 굴섬 앞을 지나고 있었다. 섬 아래 커다란 굴이 보였다. 컴컴한 굴속에 한줄기 불빛이 반짝반짝 빛나고 있었다. 굴의 유래를 말하는 불빛, 생명의 빛이며 역사의 빛이었다. 굴섬을 지나 마지막 제6섬인 등대섬이 보였다. 지나온 섬 중 유일하게 사람이 살고 있다는 이 섬은 섬 윗부분이 평탄해서 밭을 일굴 수 있다고 한다. 또 섬 가장 높은 곳에 세워진 등대는 항해하는 배의 안내자의 역할을 하고 있었다. 푸른 바다에 우뚝 솟아 있는 하얀 색의 등대는 그 위풍이 당당해 보였다. 우리를 태운 유람선은 등대섬을 끝으로 뱃머리를 돌렸다. 달려온 길만큼 먼 곳 저만치 해운대 백사장이 누워 있었다.

오랜만에 배를 타보는 우리 부부는 비릿하지만 시원한 바닷냄새에 취했다. 배를 탄 지 얼마의 시간이 지났을까, 약간의 울렁거림과 함께 어지럼증이 오는 듯하다. 아내 역시 몸을 제대로 가누지 못한 채 뒤뚱거린다. 결국 바닥에 주저앉았다.

뱃고동 소리

'뿌-우'

한 시간가량의 부산 오륙도 여행이 끝났다. 바다에서 보는 부산의 색다른 경치를 감상할 수 있는 시간, 오륙도에 얽힌 다양한 이야기들과 조용필의 음악 소리가 배 안에 가득하니 부산의 매력을 다시금 생각할 수 있었다. 이 마음들도 자루에 담아 머리 시렁에 매달고 새해를 항해하기 위한 선장이 되어 힘찬 고동 소리 내뿜어야겠다.

기회

오는가?

스스로 만드는가?

빨강, 파랑, 노랑

기회들

강아지처럼 내 주위

맴도네.

한 줌

해님을 잡으니

손가락 사이로 빠져나가네.

잡을 수 없는 것

잡을 수 있는 것

저만치 구름 속에

둥둥 떠가네.

바람처럼 스치네.

아내의 베트남 다낭 여행

며칠 전부터 준비한 여행가방
탁자 위에 놓여 있다
곰국과 약봉지도 준비한다.
아침마다 몇 번씩 읽어보는 여행 스케줄
보고 또 본다
아들, 딸, 남편에게 받은 달러 지폐
마음은 벌써
다낭의 네온사인에 둘러싸여 있다.
몸은 아파도
약 먹고 주사 맞고
비행기에 오른다.
다낭에서 날아온 문자
"밥은 먹었어요. 약도 먹고."
"걱정 말고 여행 잘해."
"알았어."
"응"
아내의 마음은 한국과 베트남을 왔다갔다 한다.

모닥불

검은 산 위
붉게 물든 석양
조개구름은 금빛으로 변하고
스멀스멀
어둠이 땅으로 내려오네.

하루살이와 모기는
빛을 좇아 날고

모닥불 더미 속 쑥 향기는
어둑해진 하늘로 오르네.

멍석 펴고 감자 먹던 시절
추억은 아련하고
희어진 머리는
세월을 세어보네.

모락모락 피어오르는 연기는
예나 지금이나
하이얀 꼬리를 물고
하늘로 하늘로 오르네.

옛날

카톡!
옛 친구 오는 소리
그 속에 옛날이 있다.

이야기가
노래가
우리가
그 속에 있다.

친구는 옛날을 만들어
나를 그 속에
묻어두고 싶은가 보다.

옛날을,
친구들이 만들어 주고 있다.

환갑

해를 맞이하고
달을 보낸 세월 60년
나를 지킨 긴 세월
돌아보니 어제 같은데
미처 몰랐습니다.

달콤한 사랑
가슴 조이는 외로움
밤을 새우는 고통
돌아보니 추억인 것을
이제 알았습니다.

환갑 케이크 앞에 놓고
타는 촛불 바라보니
그 속에 내가 있는 것을
이제 알았습니다.

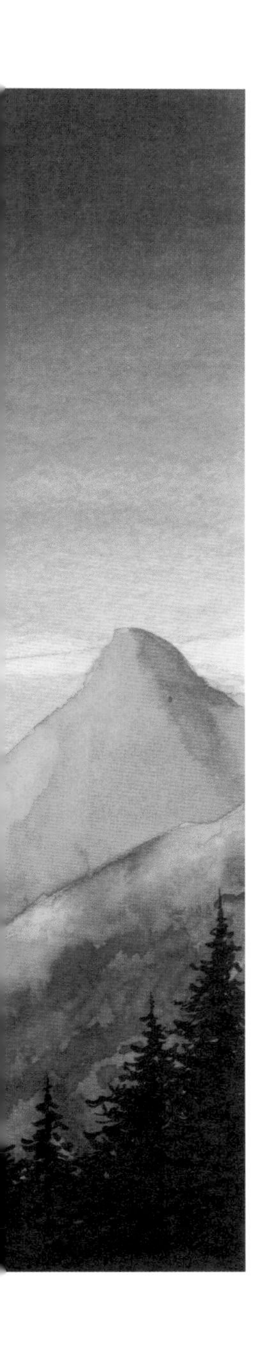

표현하지 않아도
느껴지는 가족의 사랑!
자식들 마음이 넉넉한 것을
이제 알았습니다.

가족과 웃으면서
가슴에 꽃피우는 일이
행복인지를
이제 알았습니다.

모르고 지나칠 뻔한 언덕에서
나를 봅니다.
지팡이 없는 언덕에서
나를 뒤돌아봅니다.

아련한 꿈속에서 손짓하는 노객이
어깨에 손을 얹습니다.
"여기까지 잘 왔네"

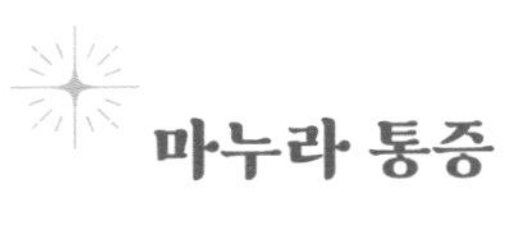

마누라 통증

깜짝깜짝
소스라치게 아프다.

잠속에서
끙끙
신음이다.

반평생 같이한 류마티스 통증
아는 사람은 안다.

유명한 의사도 개발한 신약도 막무가내다.
몸에 달고 있는 마누라 통증

나는 죄인인 것 같다.

장님이 눈 뜨듯 기적을 만들어
달리기를 하고 등산도 하고

고향 해변 길을 걷고 싶다.

2021 새해

매화 향기 맡으며
연분홍 꽃신을 신고
아장아장
오고 있다
2021년.

밝은 햇살
개구리 등을 타고
쑤-욱, 쑤-욱
오고 있다
2021년.

찬란한 희망으로
신년을 본다.

희망찬 새해를 본다.

진심

머릿속 진심이 말하네
내가
진짜라고.

가슴 속 진심
아니야!
내가 진짜야

유혹은
진심을 막고
몸은 갈팡질팡

가슴속 진심은
안 돼 안 돼.
나를 버리면
훗날 후회할 거야.

머릿속 진심은
설레설레
고개를 젓네.

가슴과 머리
진심은 따로 있다네.

작은 꽃밭

자줏빛 예쁜 꽃이 밭 주위에 피어 있었다. 진한 자줏빛 꽃잎, 노란 꽃 수술에 사로잡혀 작년에 나는 그것을 서산 집 잔디밭 한쪽에 옮겨 심었다. 이듬해 봄, 나는 검은 흙을 헤치고 싹이 나오기를 기대했다. 4월이 지나고 5월, 이미 다른 꽃들은 자신의 자태를 선보이기 위해 야단이지만 그 꽃만은 왠지 감감무소식이다. 마음이 조급해지기 시작해 가느다란 가지를 꺾어 조심 또 조심 흙을 헤쳐 확인해 보았지만, 새싹의 기운은 보이질 않아 무척 실망했다. 혹시나 기적이 일어나지나 않을까 가만히 가만히 다시 흙을 덮었다. 몇날 며칠이 지난 후 다시 확인해 보았지만 싹은 올라오지 않았고 잡풀만 쏘옥 쏘옥 하나둘씩 올라오고 있었다. 결국, 그 자줏빛 꽃은 포기했다. 그리고 길섶에 피어 있는 작고 예쁜 꽃들을 옮겨 꽃밭을 일구기로 마음먹었다.

토요일, 서울에서 서산으로 내려가는 고속도로에서부터 비가 오기 시작하더니, 서산에 도착할 즈음 큰비로 변해 있었다. 나는 빗줄기가 잦아진 틈을 이용하여 뒤뜰에 국화 한 무덤을 옮겨 심고 앞뜰에서 이

름 모를 꽃으로 채워보았지만, 아직도 여백이 보였다. 결국, 꽃밭을 채우기 위해 꽃시장에 가서 채송화, 백일홍, 수국 등을 샀다. 그리고 돌아오는 길에 길섶에 피어있는 노란 예쁜 꽃도 한 아름 캐서 집에 도착했다. 그 사이 장대 같은 비가 바람을 타고 세차게 내렸다. 아내는 비가 그친 다음에 꽃을 심으라고 했지만 나는 쏟아지는 비를 맞으며 꽃밭 가장 뒤쪽부터 꽃을 심기 시작했다. 빗물이 목을 타고 흘렀다. 몸을 움직일 때마다 운동화 속으로 흘러 들어간 빗물이 음악 소리처럼 들렸다. 그 노랫소리는 능히 동심을 자극했다.

'찌-껍, 찌-껍'

빗소리가 음악이 되어 나의 귀에 멈췄다. 그 옛날 우산도 없이 빗속을 걸으며 집에 가곤 할 때 느꼈던 소리다. 비는 멈추는가 하더니 세차지고, 세차지나 하더니 다시금 가랑비가 되었다. 한참 동안 꽃밭을 일구다 보니 허리가 아파졌다. 무릎에 힘을 주고 일어서니 허리가 조금 편해졌다. 비를 맞으면서도 꽃밭을 만드는 것은 동심을 느끼고자 하는 나의 고집이었을까?

점점 더 빗줄기가 세차졌다. 바지는 젖어 몸이 천근만근, 그러나 마음은 마냥 가벼워졌다. 얼굴에 흐르는 빗물을 손으로 씻어내니 입가에는 미소가 번졌다. 이 '작은 꽃밭'을 일구는 짧은 시간 동안 나는 어린 시절마냥 행복했던 기억을 떠올렸다.

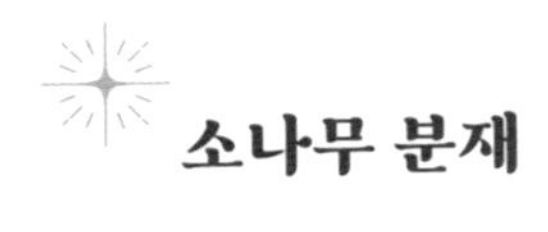

소나무 분재

2015년 3월. 『일흔에 아홉 살 꿈을 이루다』 출간기념일에 지인이 소나무 분재를 선사하였다. 이 분재는 수명이 족히 20년이 넘은 고목으로, 그 모양과 의젓한 자세가 마치 옛날 선비의 곡선을 보는 것 같이 고풍스럽다.

뿌리 부분은 나의 팔목 굵기이며, 가지의 뻗은 자세는 실로 기이하여 절로 감탄이 나온다. 운치가 있는 서산 집 출입구 돌계단 위에 분재를 옮겨놓았는데, 아름다운 자태를 자연과 같이 감상하고 싶은 마음에서다. 서산에 갈 때마다 정성을 다하고 손길을 주니 점점 기운이 뻗는 게 느껴진다.

그러다가 2018년 겨울. 혹독한 겨울 날씨에 추위를 이기지 못하고 앙상한 가지로 변하였다. 봄이 되어도 생기를 찾을 기미를 보이지 않았다. 여러 가지로 고심하다가, 내가 직접 한그루의 소나무를 가꾸기로 마음먹고 뒤뜰 산으로 갔다. 앞뒤로 조그만 소나무 숲이 있어, 제일 작은 소나무 한 그루를 꽃삽으로 깊이 파서 조심스럽게 집으로 가져왔다. 원래 분재에 심어있던 소나무를 캐서 버리고 정성스럽게 작은 소나무 한그루를 심었다. 그때 소나무 크기는 나의 손바닥만 한 크기다. 정확히 말하면 13cm 정도 되는 작은 소나무이다.

소나무 분재를 수돗가 돌기둥 위에 놓고, 지나갈 때마다 손길을 주고 물도 주었다. 철사를 이용해서 가지의 모양도 내 의지대로 만들어 갔다. 지금은 키가 20cm가 넘을 정도로 많이 자랐는데, 가지의 형태도 세 가닥으로 갈라서서 약간은 분재의 모양을 갖추어 가고 있다.

2020년 코로나 때문에 서산을 가는 횟수가 준 데다가, 캐나다에서 여름방학을 맞아 귀국한 손자들이 서산 집에서 격리하는 관계로 한달 만에 서산 집을 찾았다. 분재가 위치한 곳이 원래 공기가 잘 통하는 곳이기도 하지만, 그간 비가 자주 오고 햇빛도 강했던 터라 깜짝 놀랄 정도로 잎이 무성하고 가지도 제법 자라고 있었다. 나는 전지가위로 가지를 다듬고 못난 가지는 잘라주기도 하면서 한 폭의 아름다운 분재를 만들기 위해 노력을 아끼지 않았다. 내가 '조금만 참아'라며 온기를 전달하니, 소나무는 아프다는 말도 못하고 그냥 나를 보면서 웃을 뿐이다.

아직 모양이 엉성하지만, 새순이 나고 세월이 지나면 성숙한 새색시가 되겠지! 나의 정성을 끝없이 주면 멋있는 분재가 되리라 믿어 의심치 않는다. 서산에 갈 때마다 나의 온기를 너에게 주마. 나의 온기를 받으며 기쁨 있게 자라거라. 사랑하는 나의 소나무야, 다음에 갈 때는 물도 주고 영양분도 주어야겠다.

서산 집

주말이면 서산 집을 찾는다. 2008년, 따듯하고 온화한 마을을 찾고 또 찾아 발견한 곳이 서산시 음암면 신장리 터이다. 그때만 해도 주위에 세 집, 윗마을에 한 집 이렇게 조용한 동네였다. 나는 약 3,000평 정도 되는 뒷산을 샀다. 소나무로 우거진 동산. 동산에 올라 멀리 가야산을 보면, 참으로 마음이 확 트이는 기분이었다. '아! 이곳이다.' 생각하고, 바로 부동산을 하는 후배에게 부탁해서 다음 날 계약을 했다. 회사에 필요한 교육 시설이며 주말이면 쉴 수 있는 터전을 이곳에 만들기로 마음먹고 하나씩 계획을 짜면서 일을 했다.

이곳에 집을 지으려면 동네 분들에게 허락을 받고 신세도 져야 하므로 제일 먼저 친교를 시작했다. 다음, 도로를 만들고 하수도를 만들고 집을 짓기 위한 토목공사를 시작했다. 앞 뒤로 산을 만들고 앞뜰에는 넓은 잔디밭을 만들어 손자들이 놀 수 있도록 구상을 했다. 또한 1층에는 약 40평 남짓 되는 공간에 교육 시설을 마련하고, 50평 정도 되는 2층은 내가 살 수 있도록 실용적인 구조를 생각하여 설계했다. 우선 안방과 서재를 만들고, 안방과 거실에 화장실을 각각 하나씩 두었다. 부엌도 거실에 붙어 있는 부엌과 밖에서 쓰는 부엌 구조로 2중으로 하고, 거실을 최대한 넓게 설계하였다. 우리 집에 들어서면 거실이 너무 넓어 오는 사람마다 감탄을 한다.

일년에 걸쳐 집을 짓고 나무를 심고 뒷산을 정리했다. 소소하게 가꿀 수 있는 텃밭도 만들었다. 3층에는 직원이나 손님들을 위한 세 개의 방이 있다. 그 위에는 다락방을 만들어 비밀스러운 멋도 갖추었다.

10여 년이 지난 지금, 그때 심은 나무가 너무 무성하여 해마다 나무를 제거하는 일이 나의 일이다. 작년에는 대대적으로 나무를 전지하고 베고 하여 조금은 엉성해 보일 정도였다. 그러나 일년이 지나자, 또다시 집 주위가 숲처럼 무성하다. 숲이 있으니 자연히 새들이 많다. 새벽에 창문을 열면 들려오는 갖가지 새들의 합창은, 말로 표현할 수 없는 소리의 향연이다. 옆 동네 닭의 울음소리를 합치면 오케스트라다.

작년까지는 진돗개인 '마루'와 영국산 레트리버인 '아이비'가 있어서 함께 멍멍 짖기도 했는데, 집을 관리하는 아줌마가 없어 후배에게 분양했다. 그들이 없으니 섭섭한 것은 물론 마음 한구석 텅 비어 있는 것만 같다. 특히 손녀, 손자들은 '마루'와 '아이비'가 없다고 불만이 대단하다. 어쩔 수 없어 분양하기는 했으나, 마음이 아프다. 아내는 마루와 아이비가 떠나는 날 '펑펑' 슬피 울었다.

지금 이 글을 쓰는 시간. 2020년 7월 5일 일요일 새벽 4시경이다. 밖은 칠흑의 어둠이 깔려있다. 숲속의 새들은 아마도 아침 연주를 위하여 연습하고 있다.

캐나다에서 공부하는 딸아이와 손녀, 손자가 7월 7일에 귀국한다. 코로나 때문에 2주간의 격리에 들어가야 하므로, 격리장소를 이곳 서산으로 정했다. 날이 밝는 대로, 가족들이 보름 동안 먹을 것, 쓸 것, 사용할 물건들을 준비해야겠다.

멀리 가야산 속에서 '밝음'이 조금씩, 조금씩 나를 찾아오고 있다. 여름이지만, 이곳 산 어귀는 찬 기운이 있어 밤에는 이불을 꼭 덮고 잔다. 어둠이 조금씩 거치고 앞산 소나무들의 형체가 밝아온다. 새들이 노래를 시작할 시간이다. 이제는 그만 쓰고 그들과 같이 하루를 맞이 해야겠다.

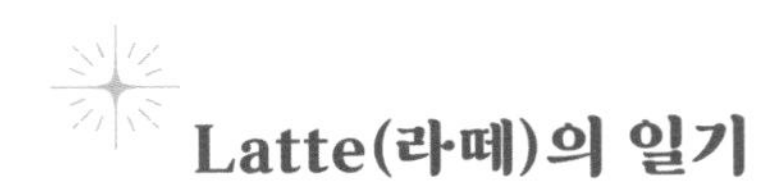

Latte(라떼)의 일기

2021년 1월 18일. 세상에 나왔다. 나의 부모는 말티즈(부)와 푸들(모)이다. 말티푸 출신인 나는 어찌어찌하다가 할아버지와 할머니를 만났다. 나는 조용했던 가정에 시끄러운 존재가 되었다.

내 이름은 Latte이다. 할머니가 Latte 커피를 좋아하기 때문에 지어진 이름이다. 할아버지는 "우리 식구는 현재 11명이고 네가 들어왔으니 12명이야. 그리고 5월이 되면 남동생인 진서가 태어난단다."라고 말씀하셨다. 소민이 언니와 준원이 오빠는 캐나다에서 엄마랑 생활하고, 양재동에는 영서 오빠, 민서 오빠, 현서 오빠가 부모님과 살고 있단다. 우리 집은 할아버지와 할머니 그리고 나 이렇게 세 식구가 살고 있다.

조용하던 가정에 사고뭉치로 내가 들어온 지 보름이 지났을 때다. 할아버지는 갑자기 나를 울타리 안에서 생활하게 하셨다. 동물병원에 갔을 때 의사 선생님이 울타리 어쩌고저쩌고 하는 말을 들었는데, 병원에 다녀온 후 신나게 뛰놀던 넓은 거실이 아닌 나만의 집에 살게 된 것이다. 자유가 없는 좁은 공간이 정말 답답하다. 하지만 우리 할아버지는 나를 생각해서 짧은 시간 문을 열고 자유를 준다. 나는 기쁨에 어찌하지 못하고 날뛰며 할아버지 양말을 물고 놓지 않는다. 그럴 때마다 할아버지는 나를 나무라곤 하시지만, 그래도 나는 할아버지가 그냥 좋다.

오늘 아침에도 일찍 일어나신 할아버지에게 낑낑거리면서 애교를 부린다. 할아버지는 문을 열고 나를 쓰다듬어 주신다. 나는 기분이 좋아 뒹굴기도 하고 방방 뛰기도 하였다. 정신없이 행동하다가 오줌이 마려워 마루에 실례를 해버렸다. 순간, 할아버지 눈빛이 차다. 나는 얼른 외면하고 딴짓을 하는 척했다. 할아버지는 "요놈, 할아버지를 놀리네." 하신다. 그래도 나를 귀여워하는 걸 다 알기 때문에 기분이 좋다.

"사랑해요. 할머니, 할아버지."

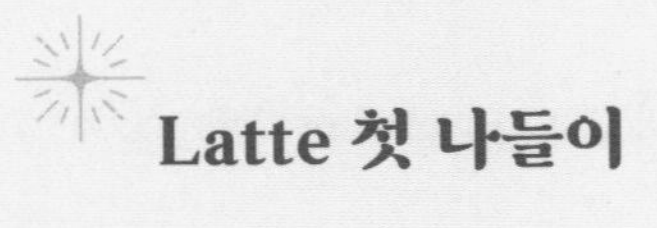

Latte 첫 나들이

2021년 6월 2일. 나는 오늘 처음으로 바깥세상을 내 발로 걸어 보았다. 내가 태어난 것은 2021년 1월 18일. 아직은 5개월이 채 되지 않아 할아버지는 나를 데리고 밖에 나가는 것을 망설이는 눈치다. 그래도 날씨가 좋고 기분도 상쾌하니, 세상 구경을 시켜 주신단다. 할아버지는 바로 나들이 채비를 한다. 나는 약간은 당황하고 무서웠지만, 간식의 유혹에 빠져 할 수 없이 엘리베이터 속으로 들어갔다. 할아버지는 대견하다고 간식을 주며 기뻐하신다. 엘리베이터를 벗어나니 계단이다. 계단을 오르내리는 연습을 해본 적이 없어 떼를 쓰니, 할아버지는 주머니에서 간식을 꺼내 주신다.

"아하! 세상이 이렇구나!"

아슬아슬한 경험을 하고, 주차장을 지나 도로로 나갔다. 출근하는 사람의 행렬이 줄을 잇는다. 그중에는 나의 자태를 보고 눈길을 주는 사람도 있다. 그러나 할아버지가 옆에 있는 관계로 찡긋 눈빛을 보냈다. 그 많은 행인 중 나를 예쁘다고 말하는 사람이 없어 약간은 서운했다.

우리 집 옆 CU 편의점을 지나고 골목길을 벗어나니 큰길이 나온다. 이것이 웬일인가? 자동차도 많고 오토바이, 자전거가 도로를 꽉 메웠다. 저 멀리 '삐-뽀, 삐-뽀' 앰뷸런스가 요란한 소리를 내며 오고 있다. 도로의 모든 차들이 길을 비켜준다. 아마도 앰뷸런스는 굉장히 무서운 것 같다. 나는 그 소리에 약간 놀랐지만 재미있었다. 노란 언니들이 타고 다니는 유치원 차도 구경했다. 제일 기분 좋은 것은 할아버지가 내 곁에 있다는 것이다. 안심이 된다.

우리 할아버지는 언제나 나의 먹을 것을 챙겨 주고, 또 내가 잘못하면 사정없이 불호령을 내린다. 나는 할아버지의 마음을 안다. 할아버지 다리를 잡고 애교를 부리면 나를 안고 예뻐하신다. 그래서 나는 할아버지가 옆에 있으면 아무런 걱정이 없다.

하얀 페인트로 그려진 건널목에서 신호에 따라 할아버지를 쫓아가니 우리 Latte 예쁘다고 다시 간식을 준다. 김이 모락모락 나는 빵집을 지나 과일 가게에서 향긋한 과일 냄새를 맡으니, 참을 수가 없어 다시 떼를 썼다. 나의 마음을 아시는 할아버지는 다시 간식을 준다. 오늘 세상의 첫 나들이가 너무 신나고 좋았다. 나의 이름과 비슷한 Lotte를 지나 할아버지가 늘 다니시는 보라매공원 입구에 왔다.

와-!

나무도 많고 사람도 많고 가끔은 나의 동기들이 보인다. 덩치가 큰 언니가 나를 보고 기세 좋게 꽝- 소리를 냈다. 내가 못 본 척 외면하니 다시 소리를 낸다. 나는 할아버지 발아래 숨어 큰 언니의 행동을 지켜보았는데, 줄에서 벗어나지 못하고 가던 길을 간다. 나는 속으로 다행이라고 생각하며 허세를 떨었다.

보라매공원에 들어서니 옆으로는 CU 편의점이 있고, 오른쪽에는 넓은 잔디밭에 원형의 트랙이 있다. 그 위를 걷고 있는 사람들의 걸음이 활기차다. 나는 할아버지가 가려는 트랙에 갈 수도 없고 머릿속이 복잡했다. 잠시 주저앉아 걸음을 멈추니, 할아버지도 힘이 드는지 긴 의자를 찾아 앉으신다. 할아버지는 나를 번쩍 안아 옆에 놓고 세상 구경을 하란다. 나는 눈을 동그랗게 뜨고 많은 사람을 보았다. 그러나 우리 할아버지보다 좋은 사람은 없는 것 같다. 그런 의미에서 나는 행운아다. 앞으로 할아버지 말씀을 잘 듣고 열심히 살아야겠다고 생각했다.

할아버지와 나는 한참 동안 휴식을 취하고, 오던 길을 따라 집으로 향했다. 이제는 길이 낯설지 않고, 처음보다 편안하게 느껴져 내가 할아버지보다 앞서 걸었다. 할아버지는 내가 기특한지 얼굴 가득 웃음이 함박꽃이다.

또다시 앰뷸런스가 '앵-앵' 하며 지나간다. 아마도 보라매병원이 가까이 있으니 앰뷸런스가 많은가 보다. 건널목을 지나 집으로 돌아오는 길, 기분이 참 좋다. 오늘 첫 나들이는 성공이다. 할아버지와 산보를 하니 간식도 먹을 수 있고 행복하다. 나는 집에 와서 물을 마음껏 마시고 현관 앞 돌바닥에서 사지를 펴고 누웠다. 잠을 청하니 마음은 천하태평이다.

오래오래 할아버지와 함께 살고 싶다.

Latte 사랑

열흘 동안 아프리카 출장을 마치고 인천공항에 도착하니, 1박은 호텔에서 2주는 자택에서 격리하란다. '코로나19' 때문에 세계가 엉망진창이 되어가고 있다. 특히 우리나라는 규제가 심하여 경제가 말이 아니다. 다른 나라의 경우(내가 방문한 나라를 보며)는 코로나 바이러스를 일종의 감기로 인식한다. 그리하여 최소한의 거리를 두고 마스크를 쓰면서 일상생활을 유지하기를 권고한다. 그에 비해 한국은 규제를 위한 방역이라는 생각이 든다.

하여튼 인천공항에서 나와 호텔에서 하룻밤을 뜬눈으로 보냈다. 택시를 타고 집에 오니 현관문 앞에서 Latte가 제일 먼저 나를 맞아준다. 얼마나 그리웠으면 Latte의 눈에 이슬이 가득하다. 나를 향해 펄펄 날뛰며 어찌할 바를 모르고, 내 주위를 핑글핑글 돌면서 정신없이 나를 공격한다. 그 공격이 사랑의 공격인지라 나는 모두 받아주었다. 생전 처음 느끼는 격한 사랑의 표현이다. 나는 Latte의 사랑에 묻혀, Latte를 안고 몸도 쓰다듬으면서 한동안 시간을 보냈다. 그래도 이놈은 지치지 않고 계속 내 품에서 떠나지 않는다. 그러다가 저도 힘이 드는지 혀를 내놓고 한참을 앉아 있다. 그동안 보고 싶은 마음을 표현하는 동물의 순수성에, 다시 새로운 사랑을 느낄 수 있었다.

그 시간 이후 내가 움직일 때마다 Latte는 같이 움직인다. 내가 잘 때는 침대 밑에서 같이 자고, 내가 밖으로 나가면 따라 나온다. 내가 밥을 먹으면 식탁 의자 밑에 앉아 있고, 내가 책상에 있으면 잠시도 나를 떠나지 않고 옆에서 지킨다. 혹, 현관을 나가 옥상에서 운동이라도 하고 오면 혼자 갔다고 나를 향해 짱짱 짖는다.

내 주위에는 눈앞에서는 아양을 떨다가도, 눈에서 벗어나면 배신하는 사람들이 적지 않다. 그러나 개는 사람을 배신하지 않는다. 물론 Latte도 그러하다. 노년에 Latte가 곁에 있음을 자랑하고 싶다. 서산 마당에서 큰 개를 키워본 경험이 있어 그의 충성에도 감탄한 적이 있는데, Latte는 같은 공간에서 생활하니 서로에 대한 사랑이 더욱 짙어진다. 보름간 보지 못했다고 이리 격정적으로 사랑을 표정하는 Latte를 보면서 Latte를 키운 것이 참 잘한 일이라 생각되었다. Latte야, 사랑한다.

Latte와 나

언제나 나만 응시하는 Latte
살짝 눈길 주니
좋아하며 내 발밑에서 노네.

아야!
내가 엄살을 부리면
짐짓
나를 쳐다보네.

'아- 장난이구나'
다시 발밑에서 노는

나의 Latte.

Latte의 하루

귀 쫑긋
소리를 찾았다.

눈 번쩍
사람들을 보았다.

힐끔 힐끔
할아버지를 보았다.

안심이다
go— 가자.

보라매 한 바퀴
랄랄랄라-라-라

오늘도 신난다
할아버지와 함께.

눈이 예쁜 Latte

눈이
샘처럼

눈이
밤하늘에 별처럼

눈이
잔잔한 호수처럼

참—
예쁘다.

Latte 그리고 나, 보라매공원

Latte가 생후 6개월을 지나고 있다. 처음에는 우리 집에 Latte가 와서 한 가족처럼 생활하는 것이 불편하기도 했다. 좁은 공간에서도 잘 뛰노는 Latte를 보면서 행복하기도 했지만, 그놈을 관리하는 일이 그리 만만한 것은 아니다. 아침에 일어나자마자 현관 밖에 내다놓고 소변을 지켜본 뒤 그 뒤를 처리한다. 목욕을 시키고, 놀아주고, 간식도 챙기는 등 하는 일이 한둘이 아니다. 아마 자식 하나 키우는 것보다 힘이 들고 돈이 더 나간다. 나는 한 달에 한번 머리 손질을 하면 커트하고 염색해도 만 5,000원인데, Latte는 한번 커트하는 데 3만원 혹은 4만원 정도이다. 이것도 서울이 아닌 서산에서의 가격이다. 커트하고 돌아서면 며칠이 지나지 않아 다시 얼굴에 털이 나고 턱수염도 길어진다.

그래도 Latte와 생활한 지 4개월 동안, 정이 많이 들었다. 내가 혼을 내어도 엉덩이를 밀면서 내 무릎에 앉으며 어느 자식보다 애교를 부린다. 오늘도 책을 읽다가 외출할 채비를 하니 따라가겠다고 난리다. 나는 그놈의 간식이며 휴지를 챙긴 후, 모자를 쓰고 밖에 나갈 준비를 했다. Latte를 안고 목줄을 달아주니, 꼬리를 치면서 좋아한다.

보라매공원에 가면 Latte는 언제나 똑같은 장소에서 pee와 poo를 한다. 나는 준비된 휴지로 poo를 감싼다. 따뜻한 온기가 전신에 느껴진다. 빌딩 숲을 지나 당곡 사거리 건널목에 서면 Latte는 작은 소리를 내며 나를 응시한다. 일부러 Latte의 시선을 피하는 척하면, 멍멍- 짖는다. 주머니에서 간식을 꺼내 주면 꼬리를 치면서 고맙다고 인사한다. pee와 poo의 장소를 정하고 그곳에서만 볼일을 보는 것도, 간식을 요구하는 장소를 잊지 않고 신호를 주는 것도, 그저 신기하고 예쁠 따름이다.

앞으로, 앞으로 신호등을 따라 걷다 보면 숲이 우거진 보라매공원이다. 새벽잠 없는 많은 사람들이 체조를 하고 트랙도 걷는다. 운동을 하면서 다양한 방법으로 건강을 유지하기 위해 노력한다. 나는 최대한 보라매공원 외곽으로 길을 택하여 걸어본다. 그렇게 걸어 집에 가면 6,000보 정도이다. 그렇지 않고 단축 거리로 걸으면 5,000보 정도가 나온다. 나는 될 수 있는 대로 하루에 만 보를 확보하기 위하여 땀을 흘린다.

나무 밑 둘러앉을 수 있는 의자에 다가가려고 하니, Latte가 먼저 앞장을 선다. 이곳은 보라매공원에서 운동하는 사람들의 휴식처이다. 아침에 커피를 한잔하면서 이야기를 나누는 사람도 있다. 나는 단연 Latte 이야기다. 내가 제 이야기를 하면 쫑긋 귀를 세우고 꼬리를 흔들며 좋아한다. 이젠 Latte가 도사가 다 되었다. 우리 친구들의 마스코트이지만, 그중에는 Latte를 미워하는 친구도 있다. 그것까지 파악한 Latte는 처신에 최선을 다한다. 잠시 휴식을 하고 집으로 향하는 길, 앞장서서 나를 끄는 힘이 대단하다. 오늘도, 내일도 Latte와 함께 보라매공원을 찾을 것이다. 그런 행복한 날이 길었으면 좋겠다.

오늘도 어김없이 건널목에 다다르자 캉캉- 짖으며 간식을 요구한다. 나도 기분이 좋아 크게 인심을 쓴다. Latte의 눈빛이 '사랑해요, 할아버지! 죽을 때까지 함께해요,' 하는 것만 같다. 여름날 아침, 태양은 마치 불처럼 몸을 태우고 있다.

Latte의 감각

킁킁—
밖에 누가 왔나 보다.
엘리베이터가 움직인다.

귀신같이 알고
멍멍 짖네.

바람 한 덩이가 와도
귀 쫑긋

'아— 바람이구나!'

계면쩍어 고개 숙여
눈을 감네.

손자들의 작은 운동회

오늘은 손자들의 작은 운동회가 있는 날이다.

"나는 꼭 일등 할 거야!"

"계주 경기에서 실수를 하면 안 되는데"

손자들은 아침부터 마음이 설레고 바쁘다.

'하느님, 실수를 안 하도록 해주세요.'

손자들은 기도를 한다.

마음은 벌써 콩닥콩닥 뛰고 아침밥도 대충대충 먹는다. 학교 가는 길은 깡충깡충이다. 얼굴에는 기대 반 기쁨 반, 웃음이 교차한다. 벌써 운동장에는 친구들과 엄마들이 가득하다. 학교 운동장 스탠드를 중심으로 중앙에는 본부석이 있고 양 옆에는 청군과 백군이 나뉘어져 있다. 빨간색, 노랑색, 청색, 자주색, 흰색, 푸른색 티셔츠가 학년을 구분해 준다. 홀수 반은 백군, 짝수 반은 청군 이런 식으로 나누어 앉으니 스탠드가 환하다. 옛날 우리 때는 청군은 청색 옷에 청색 머리띠, 백군은 흰색 옷에 흰 머리띠로 청군과 백군을 구분했는데, 지금은 학년별 천연색이다.

9시 정각. 교장 선생님 선언으로 작은 운동회가 시작되었다

"와-아!"

함성이 운동장에 가득하다. 달리고 춤추고 던지고 굴리고 스피커 음악 소리로 힘차고 신나는 분위기가 이어진다. 나의 관심은 손자들의 경기. 준원이는 네 명 중에 3등이란다. 3등이면 순위 안에 든 것이라고 흥분하며 자랑이다. 듣고 있던 소민이는 또 타박이다. 소민이는 네 명 중 2등. 은메달 이란다. 그놈이나, 그놈이나 도토리 키 재기인데 기뻐하는 걸 보면 애들은 애들이다.

마침내, 소민이의 계주가 시작되었다. 단체 경기로는 가장 인기이며, 점수도 높아 최대 관심사이다. 그 선수로 우리 소민이가 뽑혔다니 그저 기특하다. 선발된 후 연습도 많이 했지만, 실수가 없도록 하느님께 매일 기도했다. 첫 주자가 출발선에 서고 선생님의 총소리에 뛰기 시작한다. 우리 소민이는 마지막 주자다. 자기 차례를 기다리는 동안 박수를 치고 기도도 하고 안절부절이다.

'아뿔싸!'

몇 바퀴를 돌던 중 한 선수가 바통을 떨어뜨렸다. 희비가 엇갈린 함성이 운동장에 퍼진다.

"와아!"

바통을 떨어뜨린 어린이의 마음이 얼마나 아플까? 이를 악물고 뛰지만 최소 5미터 간격으로 뒤에 있다. 드디어 손녀 차례다. 멀리서 보니, 가슴을 치며 마음을 진정시키고 바통을 받아 뛰기 시작한다. 나는 속으로 더도 말고 지금까지의 거리만 유지하라고 기도한다. 내 앞으로 소민이가 점점 다가오고 있다. 얼굴은 굳어있고 입은 다물고 바통을 꼭 잡은 자세로 손을 힘차게 내저으며 열심히 달리고 있다.

"힘내라, 힘내!"

할아버지의 응원은 파란 가을하늘로 날고 있다. 기도대로 소민이네 편이 이겼다.

다음에는 '오재미 던지기' 경기이다. 손자 준원이가 참여 한다. 오재미로 바구니를 터트리는 경기이다.

"와아!"

함성과 함께 2분도 지나지 않아 바구니가 터졌다. 그 속에서 '즐거운 운동회! 점심시간이다!' 라고 쓰인 커다란 현수막이 나왔다. 왁자지껄 운동장이 떠들썩하고 아이들의 목소리가 하늘 높이 퍼진다.

나의 어린 시절 운동회는 그야말로 시골 면 전체가 들썩들썩한 일년 최대의 행사였다. 어린이도 어린이지만 어른들의 축제가 볼 만했다. 그때 제일 좋았던 것은 맛있는 것을 마음껏 먹고 새로운 경험들이 나를 즐겁게 한 것이다. 달콤한 사탕이며 삶은 계란, 감, 김밥도 맛있었지만 내 얼굴보다 큰 솜사탕 과자의 맛을 잊을 수 없다. 그것은 운동회에서만 먹을 수 있는 유일한 과자다. 어른들은 어른들대로 마을계주, 씨름대회, 마라톤, 줄다리기를 했다. 운동장이 들썩들썩했다. 기억이 아련하지만 생각하면 생각할수록 추억에 행복해진다.

오후 경기를 마치고 지친 기색도 없이 나에게 안기는 손자들을 보면서, 이것이야말로 참 행복이라는 생각이 든다.

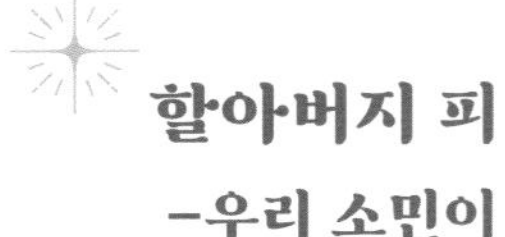

할아버지 피
-우리 소민이

2006년 10월 13일. 정확히 5시 5분. 엄마 뱃속에서 할아버지를 만나기 위해 세상에 나온 것만 같았단다. 태어나서 응-애 천지를 흔드는 소리가 할아버지 귀에는 마치 "할-아-버-지"라고 부르는 것처럼 들렸단다. 아마도 이때부터 할아버지와의 인연이 시작되었다.

태어나서 얼마 지나지 않아 몸이 아팠던 너는 어린이 병원에 입원했지. 너의 얼굴도 먼 발치에서만 볼 수 있었고, 너의 울음소리만 먼 발치에서 가물거리고 있었단다. 그때의 고통은 할아버지 가슴을 칼로 도려내는 아픔이었어. 다행히 건강이 회복되어 백일이 지나고 돌이 지났지. 돌이 지나서도 엄마, 아빠 그리고 할아버지 이외에 사람을 보면 경계하고 울곤 했단다.

네가 유치원에 갈 때마다 너를 태워다주고, 유치원에서 하원할 시간이 되면 네가 나오기를 기다리는 할아버지의 기쁨은 하늘보다도 높았단다. 초등학교 1학년에서 4학년 때까지 비가 오나 눈이 오나 소민이 손을 잡고 학교 교문까지 같이 가면서 조잘조잘 너의 이야기를 들을 수 있는 것도 할아버지한테는 큰 행복이었지.

저학년 때는 학교가 끝나는 시간에도 교문 밖에서 네가 나오는 곳을 바라보며 너를 기다렸지. 할아버지와 눈이 마주치면 손을 흔들고 달려와 안겼지. 가끔은 가게에서 엄마 몰래 라면도 먹고 불량식품을 사먹곤 했지.

이제는 예쁘게 크고 열심히 공부해서, 누구라도 걱정이 안 되는 도곡초등학교 6학년이 되었구나. 참말로 장하다. 무엇이든 하는 일마다 잘하는 소민이를 보면서 역시 '할아버지 핏줄'이라고 생각하곤 했지. 똑똑하고 예의 바르게 잘 크고 있구나.

그러나 우리 소민이 고집이 좀 세긴 하지! 개성이 뚜렷한 것은 좋지만, 너무 강하면 그리 좋지 않단다. 아마 그것도 할아버지를 닮은 모양이다.

내년이면 중학교에 입학하고, 그 다음 해에는 캐나다로 유학을 간다고 하니, 지금부터 섭섭한 마음이 드는구나. 가기 전에 조금이라도 소민이를 더 자주 만나고 싶어. 소민이와 할아버지의 사랑의 탑을 튼튼하고 예쁘고 멋있게 만들고 싶구나.

열심히 공부하여 앞으로 할아버지가 바라는 훌륭한 사람이 되거라. 할아버지 밑에서 커서 이렇게 훌륭한 사람이 되었다고 자신있게 말할 수 있게 잘 자라거라. 할아버지에게 너는 눈에 넣어도 아프지 않은 사랑스런 손녀다. 언제, 어느 곳에서 무엇을 하든지 항상 할아버지 정신을 잊지 말아라. 사랑하는 손녀 소민아. 건강하자!

할아버지 등

할아버지 등은 푹신한 침대 같다. 어쩌다 할아버지 집에서 자려 하면 아침에 일어날 때 꼭 거치는 곳이 있는데 그곳이 할아버지 등이다. 어릴 적에는 번쩍 나를 안고 업기도 했지만 지금은 내 나이 열 살. 몸무게도 24kg이다. 지금은 할아버지가 힘이 없어 할아버지 등에 업힐 땐 할아버지는 침대에 앉고 내가 일어나 등으로 간다. 그런데도 "아이고 허리야" 하면서 일어나신다. 그러고는 마루 한 바퀴, 두 바퀴 돌며 나의 선잠을 깨우시는 할아버지 등. 나는 자는 척 할아버지 등을 더 파고든다. 따뜻하고 편안한 할아버지 등.

그런데 지난 추석 때, 현서, 민서, 영서 셋이서 할아버지 등을 타고 노는 바람에 허리를 다치셨다. 병원에 가고 치료도 하지만 아직 완쾌하지 못했다. 나는 속상하다. 할아버지는 왜 수술을 해서라도 빨리 완쾌하지 않는지? 그래야 나를 업을 수 있는데….

어느 날, 할아버지 집에서 같이 잠을 자고 일어나 보니 옆자리에 할아버지가 없다. "할아버지" 부르니, 쏜살같이 오신다. 할아버지, 할아버지 속삭이며 잠속에서 소곤소곤 귓속말로,

"할아버지, 나 살짝 업어줘."

"허리 아픈데."

"아니, 살짝! 할머니 모르게."

칭얼대며 애교를 부렸다. 할아버지는 손녀 바보다.

"알았다."

말씀하시면서 쉿!

입에 손가락을 대며 등을 슬며시 나에게 내민다. 나는 할아버지 체온을 느끼며 할아버지 등에 업힌다. 가만가만 마루 한 바퀴 돌다가 할머니한테 들켰다. 할머니의 불호령이다. 나는 자는 척하지만 마냥 미안하다.

"할아버지 내려줘."

나의 소리는 모기 소리만큼이나 작다.

"예수님, 할아버지 허리를 빨리 낫게 해주세요."

나는 기도한다. 그러나 그 기도는 할아버지를 위한 기도가 아니고 나를 위한 기도임을 아는 순간, 입에 손을 대고 "하느님 죄송합니다. 좌우간 빨리빨리 할아버지 허리를 낫게 해주세요." 간곡히 부탁한다.

할아버지 등, 그 등에서 나는 이렇게 크고 있다. 엄마 품과 같은 할아버지 등. 나는 할아버지 등이 참 좋다.

토라진 손녀 마음

얼굴은 울상
입은 열두 발
중얼중얼

영—
이해가 안 된다.
가만히 귀를 대고 "왜 그래" 물으니
아이-
짜증이다.

손녀 마음은 뭘까
시간이 흐른다.

가만히 손녀 어깨
토닥토닥
할아버지가 업어줄까?
헤헤—
할아버지 등에서 웃는 손녀

토라진 손녀 마음
할아버지 등이 최고다.

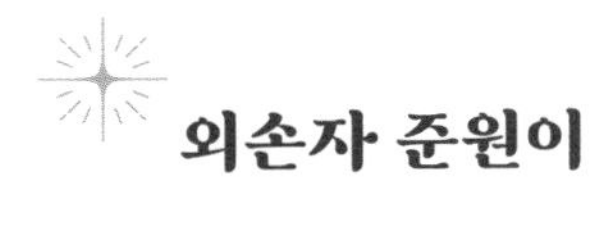

외손자 준원이

외손자 준원이와 입학 초기부터 지금까지 근 일년 간 등굣길을 함께 하고 있다. 나와 소민이, 그리고 준원이. 셋이 손잡고 집을 나서지만, 얼마 걷다가는 손을 놓고 혼자 걷는다.

준원이는 다른 아이들처럼 까부는 축에 속하지 않는다. 말수가 적고 혼자 책 읽는 것을 좋아한다. 누나인 소민이가 책을 좋아하여 시간이 있을 때마다 틈틈이 책을 보는 탓에, 준원이도 공부를 하다가 쉬는 시간이 생기면 책을 읽는다. 한때 취미로 수영을 하거나 태권도를 배운 적도 있지만, 무엇보다 조용히 책 읽는 습관이 몸에 배여 있다.

가끔 딸내미 집에 가면 준원이는 책상 앞에서 공부를 하든지, 아니면 배를 깔고 누워 책을 읽는다. 방에도 책, 마루에도 책, 온통 책들이 벽을 차지하고 있다. 환경이 환경인지라 책 속에 파묻혀 살고 있으니, 그에 따른 불만도 있다. 책더미에서 벗어나 만화영화를 보거나 라면을 먹는 것이 그에게는 작은 소망이다. 참으로 소박하고 어린이다운 꿈이다.

시간이 되는 대로 공부를 하고 책을 열심히 보지만, 신기하게도 산수는 아둔하다. 엄마가 구구단이며 덧셈, 뺄셈을 열심히 공부시켜도 산수 자체가 이해가 되지 않아 한참 애를 태운 적도 많다.

언젠가 학교에서 수학 시험을 보고 기분이 좋아 전화가 왔다. 한 문제를 틀려 95점을 받았다고 기뻐서 어찌할 줄 몰라 했다. 솔직히 처음에는 '95점에 전화를 해? 100점도 아니고'라는 생각을 했지만 준원이한테 수학 95점은 최고의 점수라는 걸 누구보다 잘 알고 있다.

"참 잘했다. 이제는 100점도 맞을 수 있어."라며 다시 100점을 강조한다.

그러나 잠시 후 나의 생각이 부족함을 느꼈다. 다시 전화를 걸어 재차 칭찬을 해주었다. 준원이의 기분이 하늘로 날고 있다. 조금씩 학교공부에 재미를 붙이고 친구와 더불어 노는 준원이가 기특하다.

친할아버지와 아빠가 머리가 좋으니 준원이도 머리가 명석한 것은 틀림이 없지만, 숫자에 약한 것이 한때 걱정이 된 것은 사실이다. 그러나 수학에 자신감을 붙인 뒤로 개념과 의미를 곧잘 파악하는 등 숫자에 조금씩 익숙해져 가는 걸 보니 대견하다.

원래 준원이는 친할아버지가 대학교 총장을 하고 교육부총리까지 한 대구의 명문가 손자다. 가끔 준원이와 둘이 손을 잡고 동네 한 바퀴를 돌면서 가지고 싶은 것이 무엇이냐 물으면 로봇 장난감이라고 큰소리를 친다. 초등학교 1학년, 어린아이의 순박한 대답이 좋다. 우리 부부는 장난감 가게에서 장난감을 들고 좋아하는 준원이의 모습을 물끄러미 보면서 작은 행복을 느낀다.

준원이 집과 우리 집은 거리상으로 약 100미터 정도밖에 되지 않는다. 그러다 보니 소민이, 준원이와는 거의 매일 등굣길에 만나 얼굴을 보고, 밥도 자주 같이 먹는다. 손자손녀가 우리 곁에 있는 것만으로 삶의 행복을 느낀다. 가끔 아내는 힘들고 몸이 아파 짜증을 내지만, 나는 아이들과 같이하는 시간이 제일 좋다. 그래서 사랑은 내리사랑이라고 하나 보다. 오늘도 손주들 손을 잡고 학교로 향한다. 그 기쁨에 가슴이 벅차오른다.

대화

입으로
말한다
눈으로
말한다.

소통
웃음
몸으로도
말한다.

사랑
다툼
우정

대화하니
안 보였던 것이
환하다.

그래
우리 대화하자.

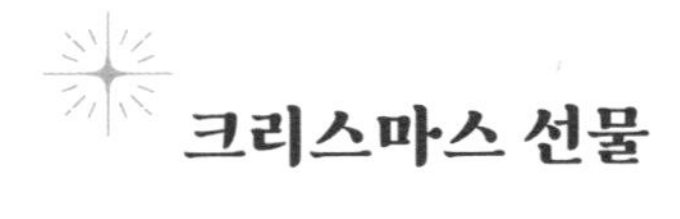

크리스마스 선물

크리스마스가 얼마 남지 않은 어느 날, 우리 준원이가 닭똥 같은 눈물을 뚝뚝 흘리고 화가 머리끝까지 나있다.

'왜일까?'

사정을 물어보니 귀엽기도 하고 어이도 없고 준원이의 마음을 이해하면서도 참말로 순진하고 착하다는 생각이 든다.

사연인즉슨, 착한 일을 하면 매년 산타할아버지가 굴뚝을 타고 와서 준원이 머리맡에 준원이가 바라는 선물과 함께 건강하고 공부 열심히 하라는 카드를 주곤 했는데, 그 산타할아버지의 정체가 탄로난 것이다.

얼마 전, 준원이가 "산타할아버지는 올해도 올까? 안 올까? 그리고 우리 집은 굴뚝도 없는데 어떻게 오지? 문이 감겨 있는데…"라고 말하며 의심 가득한 눈으로 엄마를 다그쳤다고 한다. 엄마는 준원이도 이젠 초등학교 1학년이고, 옆에서 누나가 "저 바보" 라고 놀리니, 하는 수 없이 산타할아버지의 존재와 선물을 주는 사람이 엄마였다는 사실을 조용히 밝힌 것이다. 그것이 준원이의 마음을 슬픔으로 만들어 놓았다.

준원이가 말하기를, 산타할아버지의 꿈이 한 순간에 무너지고 상상

속의 산타할아버지 모습도 순식간에 없어졌다고 한다. 또, 지금까지 속고 있었다는 사실과 착한 일을 해도 엄마 마음이 변하면 선물이 없을 거라는 생각에 성질이 난 것이다. 준원이 딴에는 정말 하늘이 무너지는 심정이었을 것이다.

"왜 산타할아버지가 없다고 하느냐? 산타할아버지는 있다!"

책을 찾아봐도 없다고 하고, 친구들조차 없다고 말한다며 슬피 울기만 한다. 울고 있는 모습을 보니 정말 슬퍼하는 게 역력하다. 준원이는 눈물을 닦는 것도 주먹을 꽉 쥐고 주먹으로 눈물을 닦는다. 나는 하도 우습고 귀여워서 준원이를 안고 엉덩이를 토닥토닥 해가며 달래주웠다. 준원이는 더 화를 내며 "할아버지도 나빠!" 소리치며 품에서 벗어난다.

'아차! 이거 심상치 않구나!' 생각하고 다른 유인 작전을 세웠다. 공부 중인 소민이에게 "소민아 우리 로봇 장난감 사러가자"하며 소민이 손을 잡고 현관문을 나섰다. 준원이의 눈빛이 슬픔에서 기쁨으로 변하는 듯싶더니 나의 눈치를 살피는 것이다. 나는 이때다 싶어 다가가 "준원이도 같이 갈까?" 하니 말은 하지 않고 고개만 끄덕인다.

"준원아."

나는 준원이를 안고 조용히 그리고 천천히 마음을 달래주었다. 산타할아버지에 대해서도 차근차근 설명했다. 그런데 뜻밖에도 준원이는 이미 알고 있었다고 말하는 것이다. 학교에서 친구들끼리 누구는 산타할아버지가 없고 그 산타가 엄마 아빠라 주장하고, 누구는 아니라며 산타할아버지는 책에도 나오지 않느냐고 주장을 한 것이다.

아마도 준원이는 있다는 주장을 한 것 같다. 준원이의 주장이 틀린

것도 슬프고 엄마가 선물을 주지 않으면 어쩌나 하는 생각에 닭똥 같은 눈물을 흘린 것이다. 내가 "엄마는 준원이가 좋아하는 선물을 꼭 줄 거야. 할아버지도 선물을 준비할게."하고 약속하니, 그제야 슬픈 마음이 풀리고 그날의 사건은 마무리되었다.

오늘은 크리스마스이브. 딸네 식구와 우리 부부의 작은 크리스마스 트리 앞에 선물상자가 잔뜩 놓여 있다. 준원이 선물, 소민이 선물, 할아버지 선물, 할머니 선물, 그리고 아빠, 엄마의 크고 작은 선물들. 선물 보따리가 한가득이다. 아기 예수님 케이크도 있다. 온 식구의 얼굴에 웃음이 가득, 기대도 가득이다. 모두 다 '무슨 선물일까?' 하고 마음이 설렌다. 다함께 손뼉을 치고 예수님의 탄생을 축하하며 노래를 불렀다. 노래를 마치고 불을 켠 뒤 각자 선물꾸러미를 열어보고는 함박웃음이다. 특히, 준원이는 로봇 장난감 선물을 받고 입이 귀까지 걸렸다. 이렇게 예수님의 탄생과 함께 선물을 받고 저녁도 함께 먹으면서 술도 한잔 곁들이니 행복하고 가족의 품이 너무 포근하다.

손자 손녀의 뽀뽀를 받고, 준원이가 준 카드를 열어본다. 그 속에는 그림이 그려져 있고, 만원권 지폐가 한 장 있다. 그 지폐 밑에 "할아버지 맛있는 거 사드세요. 메리크리스마스" 카드 다른 편에는 "할아버지 너무 늦게 카드 써서 미안해요. 또 할아버지 곁에 안 있어서 죄송해요. 아무튼 메리 크리스마스!"라고 써 있다.

위의 글은 준원이가 쓴 내용 그대로이다. 준원이는 우리 집에 오면, 할아버지는 늘 누나인 소민이가 차지하니 할머니를 더 따르면서 좋아했다. 어느 날은 "할아버지 싫어"라고 말한 적이 있는데, 그 말이 가슴에 맺혀 카드에 죄송하다고 이야기한 듯하다. 손자들의 작은, 아니 큰 마음이 나를 찡하게 하니 행복하다. 예수님 탄생을 축하하며 가족 모두 훈훈한 크리스마스를 맞이한 것 같아 좋다. 오늘도 손주들과 함께 하니, 마음이 편안하다.

봄비

주룩주룩

봄비가 온다.

산에도

뜰에도

나무에도

빨랫줄처럼 내린다.

주룩

주룩

봄비가 내린다.

차창에 튀는 비

화살 되어

사방으로 퍼진다.

웬 봄비가 이처럼 세찬가?

와이퍼가
바쁘게 움직인다.

봄비가 온다.

멍하니
봄비를 보니
아지랑이처럼
뽀얀 얼굴을 만든다.

영서

첫 손자가 태어나 그 아이 이름을 짓기 위해 여러 곳에 다니며 얻은 이름이 영서다. 그 애가 벌써 커서 내년(2016년)이면 초등학교에 들어가는 나이가 되었다. 아들이 낳은 첫 손자이자 장손이다.

영서는 태어날 때부터 이목구비가 뚜렷하고 얼굴의 조화가 반듯하여 누가 봐도 미남이었다. 조금 아쉬운 점이 있다면 제 또래보다 키가 살짝 작다. 그러나 키는 잘 먹고 열심히 운동하면 갑자기 크는 시기가 있으니, 먼저 걱정을 하지 않기로 한다. 우리 집에 와서는 허리를 굽혀 "할아버지, 안녕하세요."라고 공손히 인사를 한다. 그리고 주위의 상황에 따라 할아버지 무릎을 차지한 자가 없으면 냉큼 무릎에 앉는다.

"영서는 요즘 유치원에서 무엇을 하지?"라고 물으면 "글쎄…" 하고 고개를 갸우뚱하지만 야구경기에 대해 물으면 청산유수다. 아들이 두산 왕팬이라서 야구에 관심이 있고 남들과 다르게 운동신경이 뛰어난 점도 있다. 집에서 TV를 보면 거의 야구 프로만 보다 보니 자연스럽게 야구에 관심이 생긴 모양이다. 어린 나이에는 만화가 제격인데 야구광이라니 좀 생소하다. 영서는 야구를 보는 것을 좋아하지만, 주말에 시간이 있으면 아빠와 함께 야구장에 가는 것도 무척 좋아한다. 모처럼 손자들과 서산 집이라도 가려하면 제일 먼저 챙기는 것이 야구공과 방

망이이다. 항상 몸 가까이 야구 장비를 챙기니 참 신기하기도 하다. 서산 집에 가서도 얼른 구몬 숙제를 끝내고 잔디밭에서 야구를 하자며 졸라댄다. 방망이를 잡는 폼이며 공을 치는 솜씨가 제법이다. 같이 야구놀이를 하다 보면 나보다 여러 가지 면에서 훨씬 높은 수준이다.

"영서는 나중에 커서 야구선수가 되고 싶니?"라고 물어보면 고개를 가로젓는다. 그렇게 야구를 좋아하지만 선수가 되는 것은 본인의 꿈이 아닌 것 같다. 유치원에서도 공부면 공부, 힘이면 힘, 싸움이면 싸움. 아무리 큰놈이라도 영서 주먹 한방이면 기가 죽는다고 한다. "유치원에서 네가 왕이지?" 물으면 고개를 끄덕이며 "내가 유치원에서 대왕"이란다. 하얀 얼굴에 선한 눈동자를 가진 놈이 유치원에서 주먹왕이라니 아마도 할아버지의 카리스마가 유전되었나 생각한다.

오늘도 야구 프로를 보면서 슬며시 나의 무릎을 차지하고 있다. 동생이 샘을 내니, 동생에게 할아버지 무릎을 양보하고 배를 깔고 TV를 본다. 착한 마음으로 부지런히 공부하여 나라가 바라는 일꾼이 되기를 기도한다. 우리 손자들, 파이팅이다.

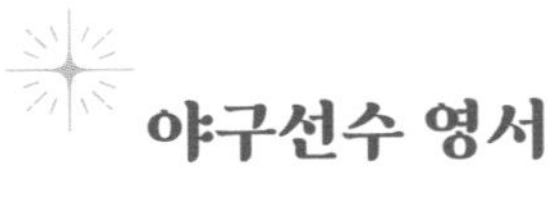

야구선수 영서

2021년 가을, 소년체전 야구경기에 우리 영서가 출전하였다. 영서는 야구를 무척 좋아하여 초등학교 4학년부터 야구를 시작하였는데, 요즘 다리에 상처를 입어 병원도 가고 한의원도 다녔다. 그러다가 올해 마지막 경기인 소년체전에 참가하기로 하고 열심히 운동과 치료를 병행하고 있다. 손자는 올해 여름 동안 운동을 열심히 했으나 체력이 따라오지 않아 걱정하기도 했다. 야구를 좋아하지만 부상도 잦고 힘이 드는 운동이기에 체력이 고갈될 때마다 한계를 느끼는 것 같다. 초등학교까지만 야구를 하고 중학교부터 열심히 공부하기로 가족과 합의하고 최종 경기를 위하여 열심히 연습하고 있다.

그러던 중 횡성에서 2021년 소년체전이 열리게 되었다. 아직 몸에 무리가 있지만, 열심히 하여 1차, 2차를 무사히 승리하고 3차전에서 무안 유소년팀과 마주하였다. 스코어는 2:2 동점 상태에서 4번 타자가 안타를 치고 1루에 나갔다. 5번 타자 백넘버 7번을 달고 우리 손자가 등판하여 공을 잘 골라 3루타를 쳤다. 갑자기 1점이 추가되어 3:2로 역전시키고 3루까지 진출하였다. 피처가 캐처에게 공을 던지는 찰나 홈으로 steal을 하여 경기가 흥분의 도가니에 들어갔다. 스코어는 갑자기 4:2. 승리를 확인하는 순간 Home에 steal 할 때, 부상을 당한 다리에 충격이 가해져서 일어나지 못하고 뒹구는 상황이 되었다. 흥분의 도가니 속에서도 선수가 부상을 입어 안타까운 상황이 된 것이다. 우리는 유튜브로 중계를 지켜보면서 '마지막일지도 모를 정식 경기에서 3루까지 가는 안타에다가 Home steal이 웬말이냐?' 라고 소리를 지르며 손뼉을 쳤다. 그러나 나는 손자가 부상을 당한 것이 더 신경이 쓰이고 걱정이 되었다. 코치가 등에 영서를 업고 나오는 것을 보면서 어찌할 바를 몰랐다. 그렇게 경기는 4:2로 역전승하고 우리 손자는 영웅이 되어 경기를 종료했다. 손자의 다리 부상 진단 결과, 6주 동안 움직이지 말고 조심하라고 의사 선생님은 당부했다.

초등학교까지만 운동을 하기로 한 우리 손자. 최후까지 자기 몸을 바쳐 팀의 승리를 위해 헌신하는 투지가 너무 대견하다. 그 용기와 투지가 앞으로 그의 인생의 지침이 되기를 기원한다. 건강하여라.

야구 선수

온몸에 땀이
송글송글

뛰고
넘어지고
던지고
받고

In, Out
소리에
출렁이는 얼굴

집에서도
운동장에서도
연습 또 연습이다.

그리도 야구가 좋은지
야구 소리에 벌떡 일어나는
손자 영서.

그래

할 때까지 하자-.

This too shall pass away
(이 또한 지나가리라)

아름다운 젊음이여.

괴롭고 긴—

슬픈 시간이여.

청춘도

노년도

세월로 변하여

이 또한 지나가리라.

This too shall pass away.

지금처럼

Shall pass away.

지나가리라!

미운 오리새끼

뒤뚱뒤뚱
걸어온다.

미운 오리 새끼.

모이를 보면
꽥- 꽥-

빈손을 보면
줄행랑

꽥- 꽥-
꽥- 꽥-

미운 오리 새끼.

수학 공부

빼고 더하고 곱하고 나누고
제일 싫은 수학 공부
엄마는 계산기로 하면서
나는 머리로 하란다.

12 나누기 3은?

TV 속을 왔다 갔다
잠시 친구 집도 가고
머릿속이 하얗다.

시간은 째깍째깍
엄마는 불호령
아차!

머리는 놀러 가고
몸만 책상 앞.

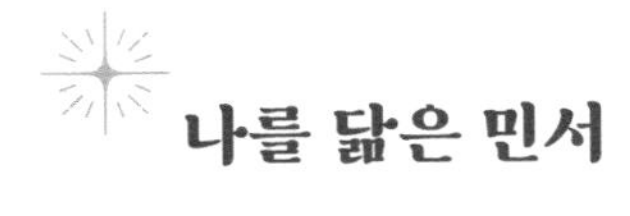

나를 닮은 민서

우리 식구들은 손자인 민서가 나를 많이 닮았다고 하지만, 전체적으로 풍기는 체취는 비슷하다고 하더라도 자세히 살펴보면 오히려 반대다.

우리 민서는 위로 형한테 치이고 밑으로는 동생에게 시달리는 중간에 있는 처지다. 마음이 착하고 자기 의사를 이야기하지 않아 이것도 저것도 아닌 것 같지만, 실은 주관이 뚜렷한 아이이며, 강한 의지와 투지는 나를 닮아 있다. 가끔 "무엇이 먹고 싶니?" 하고 물으면 항상 대답은 "몰라요"다. 그 마음을 아는 나는 민서를 내 품에 꼭 안아준다. 민서도 할아버지 체온을 느끼며 "나는 할아버지가 제일 좋아." 할아버지를 쳐다보며 미소 짓는다.

삼형제 중 아이큐가 150 이상으로 머리가 명석하다. 우리 집에 오면 민서는 게임 속의 그림을 보면서 무엇인가 생각한다. 나는 그 이야기가 무엇을 말하는지 왜 그리 재밌는지 알 수가 없다. 그러나 민서는 바닥에 배를 대고 TV 속으로 들어간다. 가끔 나는 '저놈이 무엇이 되려고 하나' 생각한다. 형인 영서가 좋아하는 야구도, 동생이 좋아하는 축구도 민서는 항상 "몰라요"다. 그놈의 머릿속에는 무엇이 들어 있을까? 내가 더 궁금하다.

오늘도 현관문을 열고 "할아버지, 안녕하세요." 고개를 숙이며 다가온다. 나는 키가 큰 민서를 꼭 안으며 "그간 공부 열심히 했어?" 물으니 "몰라요" 하며 내 품속에 있다. 따스한 체온을 서로 느끼며 엉덩이를 토닥토닥 한다.

'이놈이 나를 닮았나?'

다시 한 번 꼭 안는다. 행복하다.

공부

손자랑 공부를 한다.

한 녀석은
책상에서 놀고
다른 녀석은
폰이랑 놀고

얘야, 얘야
공부 좀 하자
할아버지랑 같이 할까?

"할아버지는 옛날에 공부 잘했어?"
대답 대신 고개만 끄덕
"할아버지도 공부 싫었지?"
눈가에 웃음 띠며 익살이다.

나도 나중에 늙으면
할아버지처럼
다음에, 다음에
공부 잘할게.

오늘도 손자랑
입씨름하다 끝이 났다.

앞으로
공부 좀 하자!

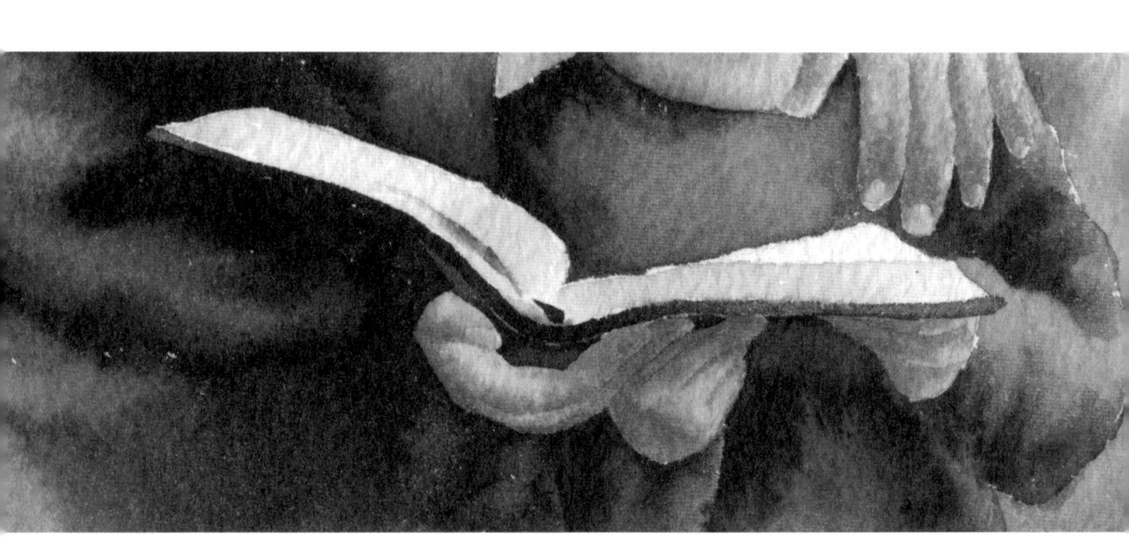

민서

늘 보아도 조용하다.
정리가 되어 있다.

게임이면 게임
공부면 공부
혼자서 조용히 하고 있다.

할아버지가 장난을 쳐도
그저 웃으며 받아준다.

믿음이 가는 손자
민서.

꼬마 현서

현서는 손자들 중 다섯째이면서 막내다. 이름도 예쁘지만, 네살짜리가 하는 행동이며 말들이 앙증스럽고 예쁜 짓만 한다. 현서는 엄마를 보면 빙빙 돌면서 엄마 품을 벗어나지 않으려고 한다. 일주일 내내 엄마가 대학 강의며 논문, 또 자신의 공부에 열중하니 엄마 손이 그리울 게다. 갓난아기 때부터 지금까지 자기를 키우는 할머니가 있지만, 엄마 치마폭을 붙잡고 놓지 않는다.

일주일 또는 2주에 한 번씩 우리 집에 오니, 철이 든 누나나 형처럼 할아버지와의 정이 아직은 없다. 그래도 엄마 없이 우리 집에 오면 할머니 주의를 맴돌며 할머니, 할머니 부르고 논다. 가끔 형이랑 누나가 나하고 놀고 있으면 가만히 와서 나의 눈치를 본다.

그때 “현서 왔니? 이리와. 할아버지하고 뽀뽀하자”라고 말하면, 입술을 삐쭉 내밀고 나한테 와서 입을 맞춘다. 내가 안아서 엉덩이를 만지며 살갑게 하면 기분이 좋아 어찌할 바를 모르다가 어느새 내 품에서 빠져나간다.

현서에게는 아픈 상처가 있다. 태중에 심장에 이상이 있어 태어난 지 50일 만에 심장수술을 한 것이다. 그때 어린 것이 고생한 생각을 하면 지금도 가슴이 저린다. 수술을 마친 후 현서는 혈색도 좋아지고,

모든 일에 전혀 이상이 없지만 정기적으로 검사를 하고 있다. 의사 선생님의 말씀에 의하면 20세 전후에 다시 한 번 심장수술을 할 수도 있다고 말씀하셨다. 그래도 지금은 건강하고 영리하며 형들을 쫒아 다니는 것을 보면 대견하다.

옛날, 현서 건강이 걱정되어 사주를 본 적이 있는데 커서 대단한 인물이 될 거라 한다. 재미가 있어 몇 곳을 다니며 현서의 사주를 보니 동일한 이야기를 한다. 우리 집에서는 현서가 우리나라의 큰 인물이 될 거라 기대하고 있다. 복덩이다. 장래의 화려한 꿈을 안고 살아가는 우리 가족. 평범하면서도 행복한 가정이라고 생각한다.

현서는 오늘도 누나 형들과 나란히 테이블에 앉아 밥을 먹고 있다. 다른 손주들은 엄마 아빠가 가끔 밥을 떠주면 받아먹는데, 어린 현서는 다른 사람이 주면 절대 먹지 않고 어떠한 경우에도 스스로 먹는다. 막내가 제일 어른스러운 행동을 하니, 참 신기하고 더할 나위 없이 예쁘다. 우리 집에서 놀다가 저희 집으로 가려고 신발을 신을 때도 끙끙거리며 혼자 한다. 내가 신발을 신겨주려고 하면 고개를 저으며 스스로 한다고 한다.

"할아버지 안녕!"

고개를 숙이고 고사리 손을 흔들며 안녕 '빠이빠이' 한다. 마음이 뿌듯하다.

현서와 할아버지의 하루

2021년 4월 9일 금요일 오후 3시쯤 손자인 현서에게 전화가 왔다. 언제 서산 집에 가냐고, 저도 가고 싶다며 애걸을 한다. 이번 주말에는 Latte 건강 상태가 그리 좋지 않아 서산에 가지 않기로 결정했다고 말하니, 손자는 그럼 신림동에 혼자서 오겠단다. 형들은 online 수업을 밤늦게까지 하니, 현서는 할 일을 마치고 밤 9시에 택시를 타고 오겠다는 거다. 그날 현서는 처음으로 혼자 택시를 타고 우리 집으로 왔다.

공부를 한다고 한 보따리 책을 가지고 왔지만, 할아버지 집에 오면 할 일이 너무 많다. Latte와 놀아야 하고, TV를 봐야 하고, 할아버지 핸드폰으로 게임도 해야 한다. 집에는 TV며 핸드폰이 없으니 할아버지 집에 오면 천국이다. 재미있게 강아지와 놀면서 틈틈이 할아버지 핸드폰으로 게임도 할 수 있으니 얼마나 좋겠는가? 얼굴에 싱글벙글 웃음이 가득하다. 가만히 생각하다가 손자를 불러 진지하게 제안을 했다.

"우리 오늘부터 내일까지 계획을 세워서 할아버지와 함께 놀기도 하고 공부도 하자."

내 제안이 떨어지기가 무섭게 현서도 같이 하겠다고 나선다. 일단 TV는 반시간만 보고 공부를 두 시간하기로 결정했다. 우리 손자는 반

시간 TV 보기를 끝내고 내가 공부하고 있는 곳으로 와서 저도 두 시간 공부를 하겠단다. 영어 단어 외우기 숙제를 한단다. 두 시간 공부를 마치고, 오늘은 이것으로 마무리를 하자며 잠자리를 마련해 주었다. 나도 곧 잠자리에 들었다. 잠이 막 들려던 참에 손자는 공부를 더 하겠다고 방에서 나간다.

"오냐, 그래. 공부를 좀 더 하고 자거라."

손자에게 말하고 나는 초저녁잠이 많아 그냥 잤다. 아침에 들어보니 손자는 반시간 정도 공부를 더 하고 잤단다. 생각지도 않았던 공부 도전에 나도 놀라고 손자도 기뻐한다.

아침 8시에 일어난 손자는 Latte에게 아침밥을 주고, 손을 닦고, 아침식사를 하였다. 어제 약속한 대로 한 시간 가량 게임을 하다가 공부를 하였다. 그 사이 나는 보라매공원에 가서 운동을 하고 돌아왔다. 현서는 필요한 잠옷이며 봄옷을 사고 싶다고 한다. 아내는 손자가 예뻐서 승낙하고 백화점으로 향했다. 먼저 식사를 한 후 현서와 민서의 옷을 사주고 집으로 왔다. 1박 2일간 손자와 함께 계획을 세우고 그대로 실천한 일과를 생각하며, 조금씩 잘 자라고 있다는 생각에 뿌듯했다.

현서의 마음

따르릉 따르릉
"할아버지 지금 어디 있어요?"
다급하다.

서울에는 번개가 치고
비가 많이 내리는데요!

할아버지, 할머니는
괜찮아요?

"어, 괜찮아"
이곳 서산은 비도 안 오고
햇볕이 따가운데

"할아버지 조심하세요!"
"응, 고마워. 사랑해!"

뜻밖의 손자 안부
갈피 못 잡는
할아버지 마음

진짜 행복하구나!

이것이 사랑이구나!

느낀다.

현서와의 대화

할아버지 뭐해요?
나 현서예요.

엉뚱하면서
뚜렷한 목소리

할아버지는 열공 중

아-
영어 공부 하는구나.

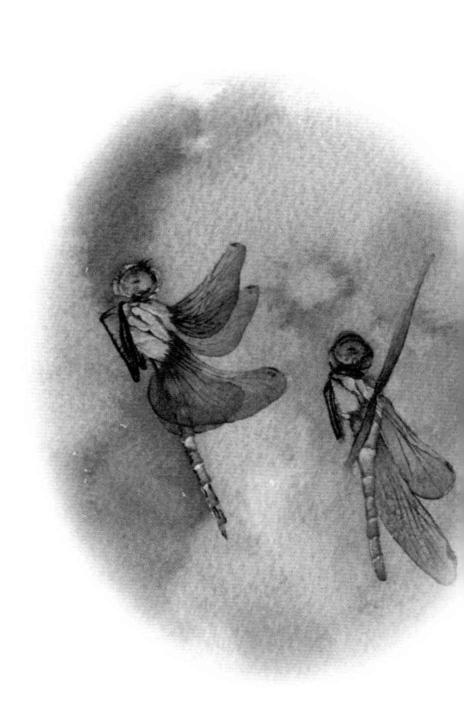

할아버지는 왜 매일 공부해요?
나는 공부보다 트롯이 좋은데.

"커피 한 잔 시켜놓고—"

할아버지, 할아버지!
할머니는 왜 김호중을 좋아하지?

글쎄,
할아버지도 김호중을 좋아해
"이 풍진 세상을 만났으니—"

할아버지, 할아버지!
이 풍진 세상을 나는 어떻게 살지?

"할아버지가 있잖아."
아- 그렇구나.

나의 희망은 무엇일까?
부귀와 영화.

할아버지, 할아버지!
부귀와 영화는 무어지?

"응! 그냥 좋은 거야!"

막내가 바뀐 날

코로나로 세상이 떠들썩한 중에도 우리 가족은 참말로, 참말로 축복할 일이 생겼다. 지금 초등학교 3학년, 막내인 현서가 동생을 보게 된 것이다.

2021년 5월 7일. 우리 진서가 세상에 태어났다. 진서는 첫째, 얼굴 윤곽이 뚜렷하고 덩치와 힘이 다른 아이들보다 장난이 아니다. 진서를 안고 마루 한 바퀴를 돌다가, 가끔 진서가 발에 힘을 주면 내 몸이 휘청거릴 정도이다. 얼굴도 미남이지만, 사람들과 얼굴을 마주치면 항상 웃는다. 사람들은 진서의 웃음이 좋아서 알아듣지도 못하는 진서한테 자주 말을 건넨다. 그때마다 진서가 따라 웃으니, 보는 사람마다 다들 예쁘다고 한다. 지금은 5개월이 지나 보행기를 타고 놀고 있다.

귀여운 진서지만 잠투정이 이만저만이 아니다. 고집이 한번 나면 그치기 전까지는 눈을 꼭 감고 운다. 그래도 엄마가 안아주면 어찌 엄마를 알아보는지 금방 울음을 멈춘다고 한다. 역시 어릴 적에는 엄마가 제일인 것 같다. 오늘도 할아버지에게 안겨 싱글 웃고 있다. 예쁘다.

가끔, 진서가 우리 집에 오면 Latte한테도 무어라 중얼거린다. 손힘이 세서 Latte 머리채를 잡으면 놓지를 않아 Latte는 진서를 보면 접근하기를 꺼려 한다. 그래도 Latte는 멀찌감치 서서 막내 동생 진서를 향해 꼬리를 치며 반가워한다.

2021년 우리 막내 진서, 그리고 Latte도 세상에 태어남을 축하하며 나중에 커서 할아버지의 좋은 친구가 되기를 바란다. 우리 여섯 명의 손녀, 손자들 그리고 Latte가 할아버지, 할머니 곁에서 재롱을 부리는 시간이 영원하기를 바라고 또 바란다.

그리움

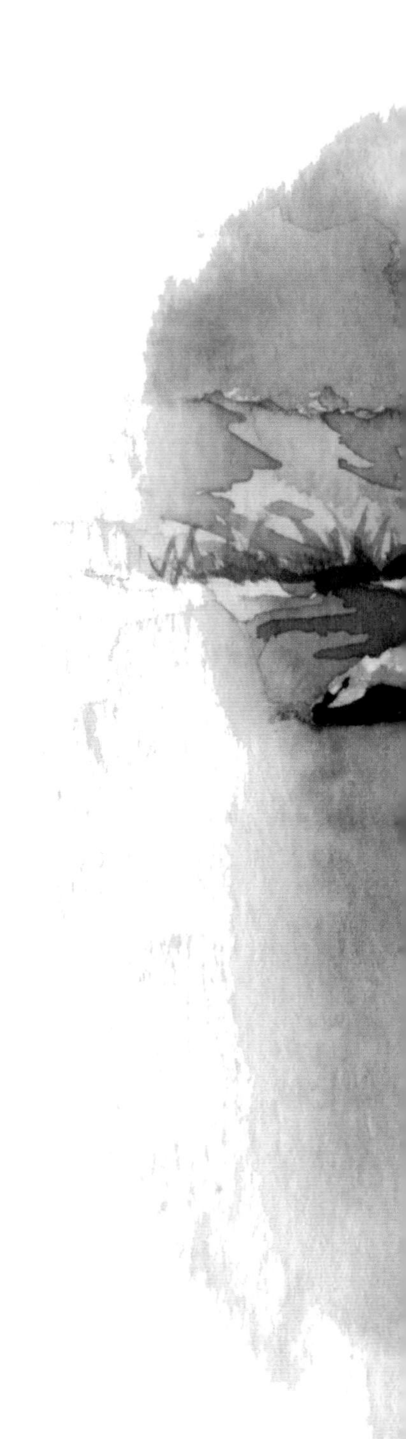

소쩍소쩍
소쩍새의 울음이
이리도 애끓는 심정인 줄
미처 몰랐습니다.

삼십년 키워 보낸
엄마의 심정이
그리도 애끓는 심정인 줄
미처 몰랐습니다.

밤마다 밤마다
별을 보며 너를 보냄이
이토록 애끓는 심정인 줄
미처 몰랐습니다.

맥없는 너의 얼굴이
절이도록 애끓는 심정인 줄
나는 미처 몰랐습니다.

세월이

흘러갑니다.

아직도 애끓는 심정은

그리움입니까?

동화가 태어난 날

엄마랑 도란도란

열 달 동안 이야기하다

'응애'

처음으로 엄마 아빠를 보았다.

이모 삼촌 누나들도

손뼉 치며

나를 보고 웃는다.

이 세상은

내가 최고인가 보다.

내가 웃으니

엄마도 따라 환하게 웃는다.

감나무

1989년 봄, 관악구 신림동에 새로운 집을 짓고 이사를 했다. 그동안 살던 곳에서 500~600미터 떨어진 좀 한적한 곳이었다. 이사를 하면서 앞뜰 마당에 감나무 한그루를 심었다. 정성스럽게 거름도 주고 물도 주며 키웠다. 봄날에 핀 노란 감꽃이 아기 주머니처럼 귀엽고 예쁘다. 봄바람이 휙-불면 우수수 떨어지는 감꽃이 신기하기만 했다. 가을이 되면 한아름 감을 안겨주던 감나무는 나에게 기쁨도 함께 주었다. 몇 년이 지나 또 한그루의 감나무를 심었고, 지금은 두 그루의 감나무가 마당을 지키고 있다.

생각해 보면 벌써 20년의 세월이 흘렀으니, 사람으로 치면 한참 청년이다. 힘 좋고 정정한 기운이 있어서 그런지 올해는 두 그루 감나무에 모두 감이 주렁주렁 열려 빨갛게 단풍진 감잎 사이에 숨어 있다.

지금 그 집은 아들이 살고 있는데, 원래는 대문이 있었지만 허물었다. 시골처럼 마음대로 뜰 안을 다닐 수 있게 개방한 이후 지나가는 사람들마다 탐스러운 감을 보며 신기해 하였다. 서울에는 이런 집이 흔하지 않아 거리낌 없이 다가와 감이 있는 가지를 꺾어 가기도 했다. 이웃 사람들이 남들 손 타기 전에 감을 따라고 말했지만 우리가 먹어도 그 감, 지나가는 사람이 먹어도 그 감인지라 굳이 서둘러 먼저 따지 않았다. 사람들이 가져가고 남은 감만 늦가을에 아들과 함께 따곤 했는데, 어쩌다 올해에는 손자들이 감을 따자고 성화다.

아침부터 채비를 하여 감을 땄다. 탐스런 빨간 감 하나를 따면서 느끼는 기쁨도 황홀하지만, 그보다 손자들의 환호가 더욱 내 가슴을 설레게 한다. 서울 한복판에 흔하지 않은 감나무. 주렁주렁 달려 있는 감들이 탐스럽고 예쁘다. 주섬주섬 따는 대로 바구니에 담아 놓고 이것은 옆집, 이것은 뒷집, 이것은 이층집 이렇게 우리 집에 붙어 있는 집들과 나누니 마음도 배가 부르다

감 한입 베어 무니 달콤하면서 아삭한 이 느낌! 무엇보다 손자들의 분주하고 낄낄대는 모양이 아삭한 감 맛보다 더 상큼하다. 어느 해는 약 100여 개, 어느 해는 300여 개, 가을의 수확치곤 제법 괜찮다. 이렇게 수년 동안 감 따기에 재미가 들려 시골집 빈터에도 감나무를 십여 그루 심었다. 아직 감 수확은 그리 많지 않다.

사실 내가 감나무에 집착하는 이유가 있다. 옛날, 아내와 함께 남해지역을 3박 4일 동안 여행한 적이 있다. 마을 전체에 감나무가 주렁주렁 달려 있는 전경이 너무 좋고 신기하기도 했다. 붉은 감과 어우러진 시골이 아름답게만 느껴졌다. 그때부터 가을 감을 연상하고, 터만 있으면 감나무를 심은 것이다.

이리도 손주들과 행복한 하루를 지낼 줄은 몰랐다. 단감의 아삭한 맛, 홍시의 달콤한 맛. 옹기종기 모여앉아 감 바구니를 앞에 두고 재잘거리는 손자들. 아마 이것이 가족이고 행복이리라. 오늘 하루 감을 따면서 또 가족의 따뜻한 정을 느끼니 무엇을 더 바라랴.

큰손자, 작은손자 할 것 없이 감을 들고 연신 킁킁대며 계단을 오른

다. 익어가는 감이 생각날 때마다 하나씩 먹곤 하는 습관이 있어 우리는 감을 따자마자 옥상 계단에 줄을 세웠다. 작업을 마치고 계단을 보니 '장터에 감 파는 진열대'를 연상케 한다. 계단이 온통 감으로 도배를 했다.

오늘도 손주들과 감 따는 작업을 하면서 작은 행복을 맛본다. 다가오는 겨울에는 감이 홍시가 되고 홍시가 얼어 아이스크림이 되겠지. 그러면 손자들과 이불속에 발을 모으고 빙 둘러앉아 감 하나 홍시 하나 나눠먹으며 달콤한 감 맛을 느낄 것이다.

겨울이 지나면 시골집 꽃밭에 나팔꽃, 찔레꽃, 민들레꽃 모종할 이야기도 해야지. 한 손자는 어깨에, 다른 손자는 무릎에 붙어앉아 종알종알 봄을 부른다. 다섯 손주 모두 건강하게 무럭무럭 자라라. 머지않아 봄은 오겠지.

비둘기

구구구
구구구
옥상에 창가에
우리 집 전체가 비둘기 집

여름에나
겨울에나
구구구 슬피 우네.

옥상 바닥에 질퍽한 오물들
가끔
팔자 엉덩방아

봄이 되면
옥상 비둘기 집 청소를 해야지.

모이 던져주면

발 앞에 있네.

가만히 손길 내밀면

껑충

뒤로 한 발짝 물러서네.

우리 집은

비둘기가 사는 집.

사람들

가고 오고
오고 가고

무리가 되었다가
혼자가 되고

화려한 행진 뒤에
외로운 고함
삶이 움직이네.

어둠이 지나면
밝음이 온다던 그 말도
삶의 움직임인가.

사람들이
가고 오고
오고 가고

계속
행진을 하네.

늦가을

산과 산 사이
멀리—
해가 지네.

가까이에서
푸르던 잎이 변해
낙엽이 되고

찬바람이 나를
휘-익
감고 가네.

옷깃 여미는 걸 보니
가을은 어느덧
겨울의 문턱에
걸려 있네.

세상이 왜 이래

해가 뜨고
해가 진다.

지구도
자전과 공전

예나 지금이나
똑같다.

현실은
질병이 판을 치고
네 편 내 편이 갈리고

should-be-here is nowhere
should-not-be-here is here

격리 속에
보고픈 사람
거리 밖에 있다.

여름 하늘

코로나 덕인가
하늘이 예쁘다.

푸른 색깔에
하얀 구름 한 점

덜 먹고
덜 쓰고
덜 움직이니
깨끗한 하늘

싱싱한 하늘을 보니
어린 시절이 생각난다.

구슬 같은 하늘 아래
뒹굴고 놀던 시절

그때가
지금보다 훨씬 좋다.

아침

솔잎 사이로
햇살이 쏟아지네.

지지배배
지지배배
새들이 아침 종을 치네.

이슬은
풀잎 끝에 맺혀
아침을 알리고

우리 집
마루도
아이비도
멍- 멍-
아침을 만든다.

바위 틈 민들레

대문 밖
돌무덤 속에
하얀 민들레 한 송이

잎은 찢어지고
꽃잎도 반쪽 남은
민들레 한 송이

옆엔
껑충 커버린
민들레 줄기만
꽃도 없이
줄기만 삐쭉 있다.

그래도

하얀 꽃 민들레 한 송이

노랑 꽃 수술 만지면

나를 보고

웃고 있다.

코로나

요술 방망이

빠르다
목숨도 길다.
그리고
잔인하다.

어르신에게
앙탈도 심하다.

약삭빠른 놈
종횡무진
춤을 추네.

마스크 쓰고
거리 두면
같이 갈 수 있는 것을

너무
야단법석이네.

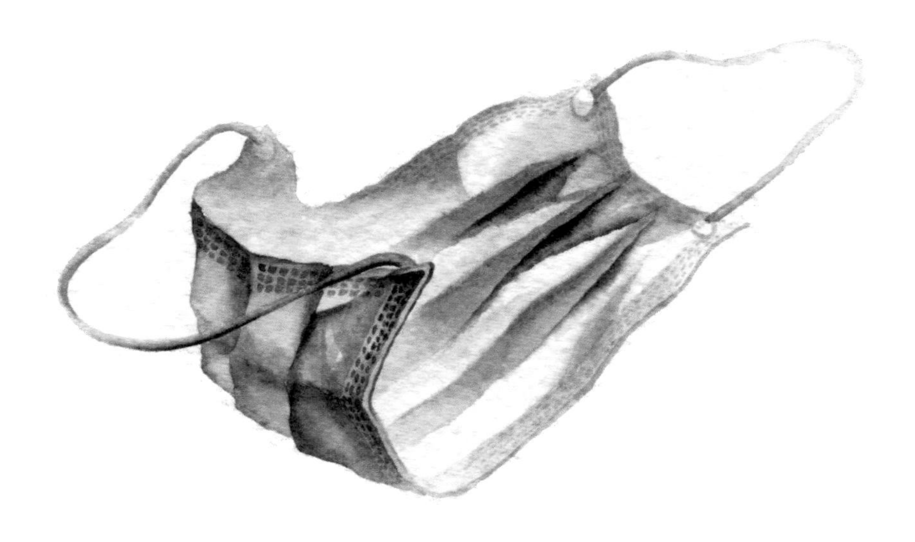

여름 아침

칠흑같은 어둠 속
정겨운 풀벌레 소리

끄악 끄악
이름 모를 새소리

멀어지고

꼬기오—
수탉 소리
아침 해를 밀어올린다.

차츰
동녘 하늘 희미한데

창가에 선
나는
혼자라네.

풀벌레

낮에는 뭐하고

밤새

노래를 부르니?

속상한 일 있어

한밤중

몰래 우는 건 아니지?

그만 뚝!

목이 아프겠다.

태풍

나뭇가지
흐느적, 흐느적
인사를 하는가 하더니

짝-
허리가 부러진다.

덩컹, 덩컹
양철 지붕 울다가
머리채 하늘로 솟고

빗물로 샤워하는
시골집

천지개벽인지
하늘의 뜻인지

한나절 지나
해님이 오니
이게 뭐냐?

장마

비가 온다.

또 온다.

태풍이 지나고
패인 도로의 얼굴이
앙상하다.

호수가, 물결이
출-렁 출-렁
바다 같다.

앞뜰과 뒤뜰에
쓰러진 나무들

비가 온다.
계속 온다.

제발!
상처만 주지 마라.

찬바람

9월 어느 날
창문을 흔드는 바람

휘-익
아침저녁으로
바람이 지나가네.

딩-굴
낙엽 한 잎
바람에 차이네.

바람은 요술 방망이 되어
낙엽을 만드나.

노랑, 빨강 물들이려고
찬바람 지나가네.

깊은 밤

땅이 움직이는 소리
구름이 흘러가는 소리
들린다,

이 깊은 밤에

'찌르르'
귀뚜라미 소리
네가 지키고 있구나.

이 깊은 밤을.

Step on the fallen leaves
(낙엽을 밟으며)

아스팔트에 깔린
낙엽을 밟으며
가을을 느끼네.

어떤 잎은
바싹 마르고
어떤 잎은
푸른 잎이네.

낙엽 속에
청춘과 영화가 있고
슬픔이 있네
외로움도 있네.

나도 낙엽처럼
바람에 날리며
지나가네.

단풍이 질 때

울긋불긋
물들인 잎들
조화인가?
섭리인가?

나무에 든 단풍이
그저 우울하다.

단풍이 지면
어김없이
겨울이 오리라.

겨울이 오기 전
발버둥 치며 만든 색깔들

마냥 서글프다.

봄비 내리는 서산 집

봄비가
수-욱, 수-욱

노란 개나리에
샘물처럼 맑은 방울 달렸네.

산새들은 좋아서
소나무 가지 속을 파고드네.

우수수
빗방울 떨어지는 소리에

아기 새도 깜짝 놀라
아이 차가워!

푸득
하늘을 나네.

코로나19 (2)

지하철 속 흰 복면의 군상들
열심히 바보상자를 본다.

시장에도, 도로에도
복면의 행렬

답답하고
무섭다.

밖에는 거짓의 군상들이
우글거린다.

살기 어려운 세상
복면을 벗는 그날

복면의 군상들도
멀리 가거라.

태극기

광화문에
빗속에
우산 속에
태극기

사람들
사람들

우산 속에
차도에
도로에
가득한 태극기 물결

자유와 공정을 외친다
태극기 물결

멀리서 보았던 태극기
이제는
내 손에 꽉 쥐고 있다.

예전처럼
멀리서 보고 싶다.

펄럭이는 태극기.

가을바람

휘-익
가을 찬바람이 귓가에 스치네.
어둠을 부르는
서녘의 붉은 하늘.

개울 길 따라 Latte랑
시골길을 걷네.

휘-익
가을바람 한 덩이에
가랑잎
뒹굴고 가네.

동녘 하늘에서는
하얀 구름이
큰 산을 만드네.

참새 한 마리

짹-짹 짹-짹
앞뜰에
참새 한 마리

꼬리를 아래로 내렸다
위로 올렸다
시소를 타는 듯하네.

앞뜰 너머 먼 산 바라보니
엄마 생각 고향 생각
나타났다가 사라지네.

짹-짹, 짹-짹
내 맘 한쪽 같은
참새 한 마리.

A sparrow

번역 윤소민

Tweet, Tweet
A sparrow
Sitting on the front yard

A brown tail
Swinging up and down

I
Looking at a distant
Mountain

Nostalgia toward
My mother, my hometown
Coming up and down

Tweet, tweet
A sparrow
Like a piece of
My heart

조각배

투두둑—

가을비가

창가에 부딪힌다.

비를 맞은 나뭇잎

조각배처럼

하늘을 난다.

조롱박

오늘따라 잠에서 일찍 깨어났다. 이리 뒤척 저리 뒤척하다가, 문득 마루 구석에 있는 스위치를 향해 걸어갔다. 스위치를 올리니 불빛이 마루 전체에 가득 내려앉는다. 적막하던 밤을 하얀 대낮처럼 밝혀준다.

지금은 2015년 마지막 달인 12월. 한 해의 끝을 향해 줄달음질치는 시각이다. 올해 무엇을 했는지? 계획한 만큼 이루지 못한 것 같아 가슴이 답답하다.

창밖에는 하얀 나비처럼 흰 눈이 내리고 있는지 사각거리는 소리가 들린다.

아! 눈인가 짐작하고 드르륵 창문을 여니 어김없이 눈이 내린다. 뜻밖의 눈에, 그것도 함박눈이 펑펑 내리니 나도 모르게 동심으로 돌아가 마음이 들뜬다.

잠깐 눈과의 상념에 잠기다가 회사와 직원들을 생각한다.

*

우리 회사는 봄이면 봄, 가을이면 가을, 하루를 정해 봄놀이를 하거나 가을에는 작은 운동회를 하곤 했다. 그러다가 언젠가부터 이 행사가 취소되었는데, 가장 큰 이유는 직원들이 일년에 한두 번 하는 행사가 귀찮다는 것이다. 집에서 편히 쉬며 TV를 보는 것이 낫다, 회사에서 쓰는 비용을 나누어 주면 그것으로 맛있는 것이나 사먹는 게 좋다는 한 직원의 말에 나는 너무도 괘씸하고 어이가 없었다. 그의 이기적인 마음에 상처를 받아 행사를 접었다.

그러나 다시 생각하니 돈이 있고 없고의 문제가 아니라, 직원 상호간의 소통을 통해 새로운 아이디어가 생길 수 있고 정도 키울 수 있다는 생각이 강하게 들었다. 속된말로 '구더기 무서워 장 못 담그나'라는 속담이 가슴을 스쳐간 것이다. 고민한 끝에, 올해 초부터 조롱박 모임을 하기로 다시 마음을 먹었다.

이 모임은 약간 강제성을 띠고 진행하기로 마음먹고 직원들에게 전달했다. 이름을 조롱박이라고 칭했다. 조롱박 하면 시골지붕에 주렁주렁 달려 있는 조롱박이 떠오르지 않는가. 귀엽고 예쁘며 서로 감싸 안고 배려하는 것 같은 모습이 너무 좋아서 모임의 이름으로 정한 것이다. 그 후 매달 각 팀이 주체가 되어 각자의 계획 하에 운영하되, 경비는 회사에서 지불하기로 했다. 팀 운영 내용은 '노는 것보다 재미있으며 가치가 있는 프로그램'으로 기준을 삼았다.

2015년 1월부터 조롱박 모임이 시작되었다. 지금은 각 팀이 한 번씩 행사를 하는 정도이다. 어느 팀은 건성건성 행사를 때우고 어느 팀은 치밀한 계획을 세워 행사를 진행한다. 그러던 중에 약간의 성과가 나타났다. 첫번째는 조롱박 안에서 각 팀원끼리 작은 모임을 만들어 친목을 도모한다고 한다. 예를 들면 뜻이 맞는 사람끼리 당구를 치면서 내기도 하고 그 돈으로 밥도 사먹고 소주도 한잔 한다니 참 대견하고 기쁘다. 땀을 흘리며 서로를 이해하고 배려하는 중에 '정'도 자랐을 것이다.

또 어떤 팀은 자기들끼리 뜻을 모아 등산을 하고 피크닉도 하면서 즐거운 한때를 보내고 있다 하니 새롭고 좋다. 그들 나름대로 작은 모임 이름도 지었는데 하나는 '누룽지', 다른 하나는 '가마솥' 이다. 가마솥에 밥을 지어 밥을 먹고 누룽지도 만들어 조롱박으로 하나씩 하나씩 나누는 정을 생각하니 의미도 있고 재미있는 이름이다.

조롱박 모임을 난지물재생센터에서 하기로 약속한 날(9월 12일)이 되었다. 비가 내린다는 일기예보에 따라, 저녁때부터 조금씩 비가 내리더니 가을비가 제법 추적추적 내리고 있다. 모두들 조롱박 모임이 연기되나 조바심을 내면서, 내일 날씨가 화창하지는 않더라도 비는 내리지 않기를 기도하며 잠자리에 들었다.

새벽 일찍 잠에서 깨어 우선 창문을 열고 하늘을 보았다. 다행히 비는 내리지 않았지만, 높은 하늘은 볼 수 없어 밖으로 나가 하늘을 보았다. 흐린 하늘이지만 비가 내릴 것 같지는 않아 다행이라고 생각하고 차근차근 오늘의 일정을 준비했다.

아침 8시에 손자인 준원이와 서둘러 한강 북단에 위치한 난지물자재생센터로 향했다. 푸른 한강을 넘어 난지도에 도착하니, 깨끗하고 울창한 숲으로 꾸며진 전경에 의아하고 놀라웠다. 이곳은 옛날에 서울 쓰레기더미가 산처럼 가득하게 쌓여 냄새가 지독하고 최악이었는데, 나무도 심고 사무실도 짓고 해서 가지런히 정비가 되어 있다. 뒤쪽에는 체육시설도 즐비하게 늘어져 있다. 테니스장, 족구장, 농구장, 축구장 등 여러 형태의 스포츠 시설이 마음에 확 다가온다. 화단 곳곳에는 예쁜 꽃들이 초가을 바람에 나불거리고 그 바람 따라 약간은 암모니아 냄새가 나는 것 같기도 하다.

우리는 오늘 온 인원을 체크하고 프로그램에 따라 먼저 족구를 했다. 한 팀에 6명씩이고 그중 1명은 여직원이다. 그런데 나보고 일흔 살 노인 취급을 하며 여직원의 특권을 준다 한다. 원래 족구는 발로 하는 것인데 여직원은 손으로 해도 무방하다. 나는 속으로 "내 실력을 무시하네." 하며 약간은 화가 났지만, 내색을 하지 않고 본때를 보여주리라 속으로 코웃음을 쳤다.

바로 게임이 시작되었다. 내 앞으로 오는 공을 잡아 던지는 것이 뭐 그리 힘들까 생각되었지만, 그 공은 빙그르르 방향을 틀어서 오니, 손으로 잡는 것이 여간 쉬운 일이 아니었다. 더군다나 잡은 지 3초 이상 경과하면 실격이었다. 한번은 공을 잘 받았는데 자세가 바르지 않아 공이 허공으로 날아가고 몸은 땅바닥에 뒹굴고 정말 장난이 아니다. 한참 운동을 하니 땀은 비 오듯 하고, 다리는 휘청거린다. 그래도 마음은 붕붕 떠 있다.

스코어판의 숫자가 앞서거니 뒤서거니 했다. 한때는 저만치 떨어지기도 하였지만, 3세트 동안 아슬아슬한 경기였다. 우리 팀이 겨우 겨우 승리를 하였다. 경기를 마치고 땅바닥에 그냥 주저앉아 세월 타령 나이 타령을 했다. 오랜만에 하는 경기라 힘이 들고, 중심도 잡히지 않아 몸 따로 마음 따로 놀았지만 재미있었다.

한참 휴식을 한 후에 발야구를 시작했다. 새로운 각오로 시작했지만 족구와 비슷한 상황이다. 옆 축구장은 뭐가 좋은지 환호하며 박수를 친다. 플랙카드에 '연예인축구단'이라 적힌 것으로 보아 개그맨 축구단과 대결하는 경기인 것 같다. 저만치 호랑나비 김흥국씨도 보인다. 그 다음 줄넘기, 농구 등을 하다 보니 9시에 시작하여 무려 12시가 넘었다. 흘린 땀을 씻고 그늘에 앉아 배달된 도시락을 먹었다. 그 맛은 정말 꿀맛 그 자체였다

아침 하늘은 흐렸했는데 이젠 햇살이 따갑게 내리쬐었다. 가을. 하늘도 높고 우거진 숲속의 운동회. 기분 좋은 하루가 되었다.

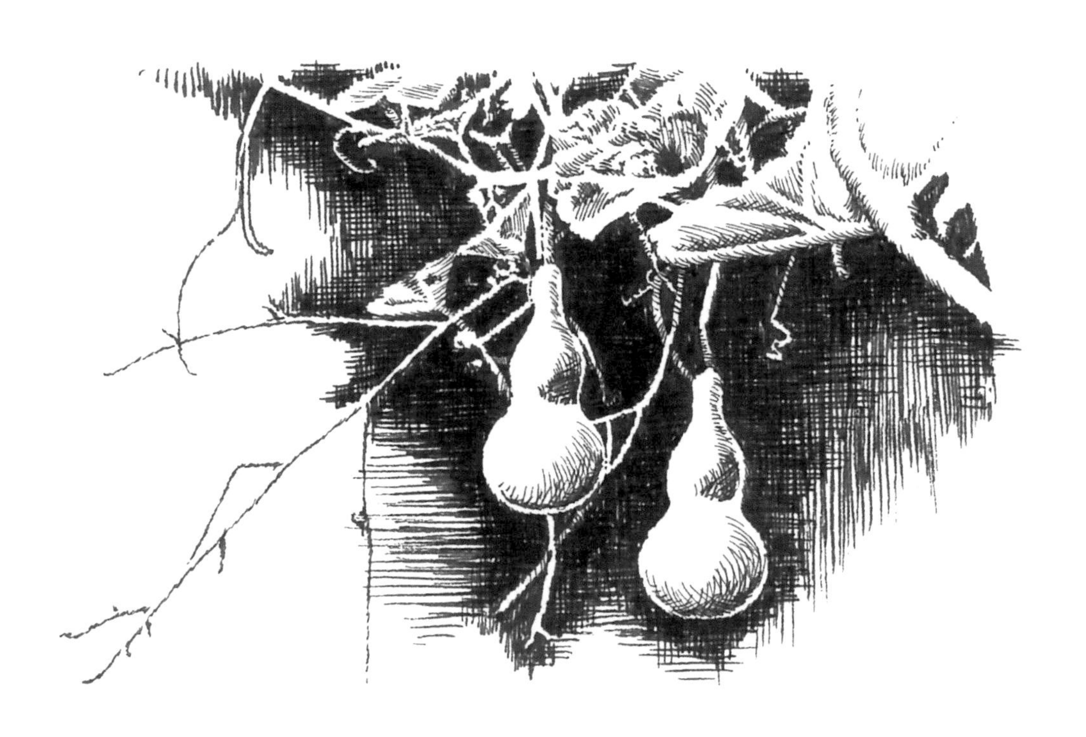

청남대를 방문하다

2015년 가을, 고등학교 동기들과 모처럼 청남대로 하루 놀러 가기로 했다. 어릴 적 소풍가는 기분은 아니지만, 친구들과 차를 타고 서울을 벗어난다는 생각에 왠지 마음이 들떴다. 아침 9시 반, 우리는 사당역 과천 길에서 만났다. 반가움에 서로 악수를 하고 껴안으면서 인사했다. 고등학교 동기모임은 한 달에 한 번 등산모임이기도 한 터라, 낯익은 얼굴이지만 오늘은 오랜만에 보는 얼굴들도 있다.

버스 한 차에 모여든 친구는 24명. 환한 웃음을 짓지만 얼굴마다 주름살이 세월을 말한다. 서로의 소식을 묻는다. 그동안 얼굴을 안 비춘 친구의 소식도 듣는다. 그런데 하나둘씩 건강이 좋지 않은 친구가 있어 좀 서글프다. 어느 친구는 손주를 봐주느라 어느 친구는 자식 병수발하느라 못 만나니, 왠지 마음이 짠하다.

'그래, 건강이 최고다.'라고 결론지으면서, 70년 살아온 몸뚱이를 새삼 되돌아본다. 서서히 서울을 벗어나 고속도로로 진입하니 그곳도 만원이다. 밖의 풍경은 느릿느릿 단풍이 들고 있지만, 심한 가뭄으로 단풍색이며 모양이 영 아니다. 차안에서 회장단이 준비한 물이며 떡, 술 안주를 받아 들자 서로 간의 잡담이 시작되었다.

12시 가까운 시간에 드디어 우리는 청남대에 도착했다. 청남대는 대청댐에 자리한 역대 대통령 별장이다. 안내원에 의하면 대청댐의 역사는 1975년 3월 공사가 시작되어 1981년 6월 완공되었으며, 대전과 청주의 첫 자를 따서 대청댐이라고 한단다. 이 댐으로 대전, 청주 시민의 식수를 해결하며, 우리나라 3등 댐으로 인근 농수로도 사용한다. 대청댐 공사는 박정희대통령이 남긴 업적이다. 박정희대통령은 전국 어느 곳에 가나 그 고장에 맞는 사업을 추진했다. 그때 이곳의 경치가 좋아 전두환 대통령이 별장을 짓고 그 후 노태우, 김영삼, 김대중, 노무현 시절까지 별장으로 사용한 곳이다.

올해는 가뭄이 심하여 대청댐의 수위가 저만큼 멀어져 있다. 우거진 자연림과 식수한 품격 있는 소나무의 자태는 정말 별천지다. 안내원의 설명으로 대통령 집무실, 침실, 식당, 회의실 그리고 건너에는 수행한 인사들이 쓰는 회의실, 식당, 침실 등 옛날의 위용을 둘러보았다. 또한, 대통령 기념관도 관람을 했다. 기념관에 마련된 대통령 의자에 앉아 내가 대통령이 된 기분으로 자세를 바로잡고 호통도 치고 기념사진도 한 장 찍었다.

밖으로 나오니 각 대통령이 만들었다는 산책코스가 있다. 전두환 길, 노태우 길, 김영삼 길, 김대중 길, 우리는 한 코스를 택하여 오각정에 이르렀다. 그곳에서 보는 대청호의 기품은 가히 최고 경치이다. 이렇게 좋은 곳에 쉴 수 있는 자리이니 대통령이 되려고 안달인가 보다. 골프장 코스를 따라 역대 대통령 동상에서 단체사진도 찍고 개인사진도 한 장씩 찍었다. 서로 좋아하는 대통령 동상과 나란히 사진을 찍으니 살아있는 느낌이 든다.

대청호의 전경을 느끼기 위하여 이 장소 저 장소를 다니다 보니 벌써 오후 두 시가 훨씬 넘었다. 차안에서 준비해준 간식을 먹은 탓인지 배는 고프지 않았다. 되돌아오는 중 몇 곳을 더 둘러보고 점심을 먹기 위해 주차장으로 내려왔다. 어디에서 왔는지 인파와 버스행렬이 즐비하다. 아마도 3,000명 정도 되는 것 같다. 이 숫자는 버스를 기준하여 산출한 것이니 정확하지 않지만 길마다 사람들이 많다.

청남대 구경을 마무리하고, 이 고장에서 제일 잘하는 매운탕이 유명한 식당으로 향했다. 15분 남짓 버스를 타고 가니 식당이 즐비하다. 식사메뉴는 거의 동일하게 매운탕 일색이다. 이곳에서 잡은 싱싱한 민물고기인 빠가사리, 새우, 참게 등을 넣은 매운탕. 시래기도 듬뿍, 고춧가루도 왕창! 참말로 둘이 먹다가 하나가 죽어도 모를 지경이다. 친구들과 소주 몇 잔을 더하니 소리가 높아지고, 이야기 동산은 옛날 역사 속으로 들어간다. 서빙하시는 아줌마에게 최고 절세미인이라 칭찬하니 그 말에 아줌마가 추가 서비스를 왕창 주신다. 다들 박장대소다.

늦은 점심을 마치고 마지막 코스인 대청호 전망대에 올랐다. 이곳에서는 대청호를 멀리 그리고 넓게 볼 수 있다. 한쪽에 탱고의 음악이 흐르고 소주 한잔 걸친 남녀가 어깨를 으쓱한다. 대청호 저수량으로 보면 우리나라에서 소양호, 충주호 다음으로 대청호가 동메달이다.

눈앞에 펼쳐지는 대청호의 멋! 올해는 가뭄으로 수위가 저만큼 멀리 있어 아쉬운 마음이 든다.

오늘, 서울을 벗어나 친구들과 어린 시절 마음으로 함께 웃고, 맛있는 음식도 먹으며 같이한 시간이 꿈만 같다. 이전에는 사무실 일로 참석을 하지 못했는데, 이제는 나도 친구들과 같이 하는 시간을 가져야 할 것 같다. 옛날 추억을 이야기할 수 있는 시간이 소중하고, 몸을 움직이니 더욱 상쾌하다. 될 수만 있다면 자주 이런 기회를 가지리라 마음먹는다. 참 기분 좋은 날이다.

가족과 스위스, 이태리를 가다

2018년 여름. 아내 칠순기념으로 한 번도 가보지 못한 유럽여행을 떠나기로 했다. 아들, 딸은 부모님의 여행을 위해 돈을 모았다고 한다. 전반적인 준비는 딸이 맡아서 했다. 손자, 손녀는 학교를 안 가고 할머니, 할아버지와 함께 여행을 가게 되었다고 우리보다 더 좋아한다.

한편으로 나는 아내가 류마티스 관절염으로 고생을 오래 했기 때문에 걱정이 앞섰다. '발가락에 문제가 생기면 어쩌지?', '무사히 여행을 잘할 수 있을까?' 걱정은 꼬리에 꼬리를 물었다. 얼마 전 발가락에 물집이 생겨 걸음을 제대로 걷지 못했는데, 그간 정성껏 치료한 덕에 약간은 안정이 되었다.

아시아, 아프리카 등 여러 나라를 찾아 사업을 해왔건만, 잘 사는 유럽은 가볼 일이 없어 처음이다. 우리가 꼭 유럽(특별히 이태리)에 가려고 하는 이유는 신앙과 연관되어 있다. 바티칸박물관과 성베드로대성당을 생전에 찾아가야 하기 때문이다. 드디어 볼 수 있다는 생각에 기대가 되면서도, '현지에서 갑자기 작은 사고라도 일어나면 어쩌지?'라는 생각에 가슴이 무척 졸여온다.

기대 반, 걱정 반! 마침내 인천공항에서 이태리 발 비행기에 올랐다. 기온도 알맞고 계절도 좋다! 즐거운 생각만 하면서 가자!

6월 8일 금요일

현지시간 오후 8시경. 공항을 빠져 나온 우리는 한국과 다르게 이 시각에도 훤한 밤을 보게 되었다. 우리 다섯 식구(나, 아내, 딸, 외손자, 외손녀)는 공항 밖에서 대기한 버스를 타고 숙소호텔에 도착했다.

이곳 이태리 밀라노는 어느 외국처럼 그냥 평범한 도시다. 우리나라보다 7시간이 늦게 가는지라 아직도 6월 8일 금요일이다. 내일부터의 일정이 기대된다.

6월 9일 토요일

우리 일행은 스위스에 가기로 결정했다. 이태리 북부에 위치한 티라노역까지 약 세 시간에 걸쳐 버스를 타고 도착했다. 우리 식구들은 스위스로 가는 베르니나 열차를 타기 위해 티라노에서 자유시간도 갖고 점심식사도 각자 하기로 했다.

작은 도시 티라노를 산책하며 이곳저곳 다니다가 한 음식점에 자리를 잡았다. 빵과 야채, 그리고 피자를 먹으며 첫날부터 유럽 이태리 음식의 맛에 취했다. 그중 가장 나를 사로잡은 것은 이태리 피자가 아니고 커피였다. 그윽한 커피향이 참말로 좋다. 은은하고 진한 향기를 맡으며 한 모금 커피를 마시니 그 맛이 황홀하다. 주위의 풍경에도 아랑곳하지 않고 아내와 나는 커피에 취했다.

티라노역은 스위스로 가는 많은 관광객과 주민으로 제법 북적인다. 길에는 남녀 할 것 없이 담배를 피우는 모습이 이색적이다. 내 눈에는 남자보다 여자가 더 많이 담배를 물고 지나간다. 그 냄새가 한때 구수하기도 했지만 여러 번 맡으니 가슴이 답답하다. 나는 심장수술을 한 일이 있어 가급적이면 담배 피우는 곳을 피해 자리를 잡았다.

기차는 협곡을 따라 움직이다가 알프스산을 타고 달렸다. 철길은 2,263미터의 고도를 달려 내리막길을 지나 스위스 취리히로 들어갔다. 이태리를 벗어나 알프스산을 한 고개, 한 고개 돌아 넘은 스위스는 마치 동화 같았다. 스위스 하면 등장하는 푸른 초원과 아름다운 시골 풍경이 경이로움 그 자체였다. 때마침 비가 내리고 멈추기를 반복하니 알프스산의 정치가 더욱 가슴을 뛰게 한다.

장어꼬리처럼 휘감은 철로에 칙칙폭폭 힘겹게 기차가 달리면, 기차도 힘이 드는지 삐익 소리를 낸다. 철길 옆에 흐르는 강물은 어찌나 색깔이 푸른지 마치 짙은 초록색 천이 흘러가는 듯하다. 강물 가득 은어비늘처럼 하얀 물결은 어디론가 흘러가며 조잘댄다. 강 건너 초원 위 색색의 집과 앙증맞은 창문들은 사진에서 보던 그 풍경이다. 하늘은 햇살을 내리다가 가끔 빗줄기를 뿌리기도 한다. 날씨가 변덕이다.

멀리 알프스산의 만년설이 우리를 기다리고 있는 듯 가슴을 넓게 열고 있다. 스위스의 절경은 이것만으로도 만족스럽다. 불현듯 왜 이런 자연을 스위스에만 주었는지 심통이 난다. 생 모리츠를 지나 약 3시간 반 뒤에 목적지인 취리히에 도착했다. 호수와 초원 그리고 알프스 산의 절경을 보고 있자니, 내 마음이 자연 속으로 파고드는 기분이다. 잔잔한 호수에는 크고 작은 배들이 즐비하게 앉아 있다. 거리의 악사와 산책하는 스위스 사람들이 어울리니 평화롭다. 우리는 긴 여행의 피로로 잠이 들었다.

6월 10일 일요일

스위스 취리히에서 하룻밤을 보낸 나는, 아침 일찍 일어나 손녀인 소민이와 산책을 나왔다. 스위스 특유의 분위기가 느껴지는 건물들이 눈길을 끈다. 일요일 이른 시간이라 그런지 거리는 한산하다. 어제 저녁 호숫가에서 젊은이의 축제가 끝난 터라 더욱 조용하게 느껴진다. 가끔 지나는 전철 소리만 덜커덩덜커덩 느리게 들려올 뿐이다.

호텔에서 간단한 식사를 마친 후, 샤프 하우젠을 보고 유럽 유일의 라인폭포를 관광할 계획을 세웠다. 층계를 따라 강가에 접근하니 라인폭포의 웅장한 모습이 한눈에 찬다. 수많은 알프스의 만년설이 녹아 한줄기씩 모인 물이 강물을 따라 흐르다가 이곳 절벽에서 떨어지는 절경을 만드는 곳이 라인폭포이다. 흰 물줄기가 뒤엉켜 흐르다가 바위에 부딪혀 솟아오르는 광경은 참 경이롭다. 물속에서 뻗어 나오는 무지개의 찬란한 형상! 아름다운 광경을 간직하고 싶어 카메라에 수없이 담았다. 물안개가 머리에 닿을 때는 정신이 활짝 나고 시원했다. 라인폭포는 유럽에서 가장 큰 폭포로, 취리히 북쪽 샤프 하우젠이라는 마을 어귀에 자리 잡고 있다. 유럽 사람들이 다 모인 것처럼 북적거린다.

샤프 하우젠의 뜻은 '배로 된 집'이라는 가이드의 설명을 듣고, 한 계단 한 계단 아내를 부축하며 차에 올랐다. 벌써부터 조금 힘이 든다.

우리는 다시 취리히로 이동하여 취리히의 시가지와 그로스뮌스터 성당을 둘러보았다. 이 성당은 스위스에서 가장 크고 중요한 로마 네스트 성당으로 '종교개혁의 어머니'로 알려져 있다. 스위스 중세 종교개혁가 초빙글리(1529년 임종)가 설계한 성당이다. 11세기부터 100여 년에 걸쳐 세워졌으며, 1763년 성당의 상징인 두 개의 탑이 화재로 소실되어 재건하였다고 한다. 보수공사를 하면서 로마 네스코 고딕양식 등 다양한 양식으로 증축하였으며, 내부의 스테인스글라스는 1930년 자코멧의 작품이라고 한다.

우리 가족은 잠시 휴식을 취한 후 빈사의 사자상을 보았다. 빈사의 사자상은 용감한 스위스의 용병을 기르는 사자 기념비다. 이 작품은 조각가 토로발트젠의 작품이다. 1792년 프랑스 혁명이 일어났던 당시, 루이 16세와 마리 앙투아네트를 지키다가 전사한 스위스 786명의 전사들을 기리기 위해 세워졌다. 슬픈 조각상에 그때의 역사가 고스란히 담겨져 있다. 눈물을 흘리고 있는 사자의 모습은 고통스럽게 죽어가는 스위스 전사들을 상징하고 있다고 한다. 조각상에는 전사한 786명의 스위스 용병들이 다 새겨져 있다. 이 사자상이 세상에서 가장 슬프고 감동적인 작품이 아닐까, 하는 생각이 들었다.

그 후 유람선을 타고 스위스 전경을 감상한 마음은 말로 형용할 수 없다. 그저 입이 벌어질 뿐이다. 자연이 이토록 아름답다고 느껴진 것은 처음이었다. 세계에서 제일 아름다운 곳이 정녕 스위스인가.

이곳에서 제일 좋은 것은 경치 다음으로 스위스 맥주다. 부드러우면서 약간 씁쓸한 맥주의 향기가 몸의 전율을 가져온다. 술에 대해 아는 것이 없는 나에게도 부드러운 맥주의 맛이 좋다. 스위스 맥주는 자극에서도 부족하여 외국에 수출되는 일은 없다고 한다. 한 잔의 맥주를 마시고 조용한 호수에 몸을 싣고 알프스의 정치를 느끼는 것은 아마도 천국에 있는 느낌이다. 내일은 1,800미터의 알프스 산을 간다. 기대가 된다.

6월 11일 월요일

오늘은 알프스의 여왕인 리기산에 가기로 했다. 리기산은 라우에르쯔 호수에 둘러 쌓여 있고 해발 1,800미터인 산이다. 이곳은 알프스의 광활한 전망을 즐길 수 있는 보통 관광객들이 찾는 장소라 한다. 이보다 더 높은 4,800미터 또는 3.800미터 고지를 점령하는 융프라우 등이 있지만, 이번 우리 여행에는 포함이 되지 않아 리기산에 오르기로 했다.

리기산으로 가는 도중에 리기 칼트바드에서 노천온천을 하였다. 이른 아침인지라 온천에는 우리 팀만 있었다. 천연의 공기 속에서 따뜻한 온천에 몸을 담그니 마치 신선이 된 것 같다. 준원이와 소민이는 수영을 배운 터라 이곳에서 물고기처럼 놀고 있다. 어른들도 손자 손녀를 보면서 부러운 눈치다. 한 할머니가 옷장 열쇠를 물에서 잃어버렸는데, 손녀인 소민이가 잠수를 하여 찾아주니 그 칭찬이 하늘을 찌른다. 소민이는 성격이 활발하고 어느 정도 영어도 하며 수영이면 수영, 우리 팀이 하는 일에 모범이 되니 나도 왠지 기분이 좋다.

온천을 마치고 알프스 1,800미터 고지를 오르기 위해 특별히 만든 아프트식 특수철(Cog Railway)에 몸을 싣고 상봉에 이르렀다. 그곳에서 바라보는 웅장한 알프스산의 경치가 세상 최고다. 푸른 초원 위에 웅장한 알프스! 그 알프스 머리에는 하얀 눈이 덮여 있다. 가끔 구름이 알프스를 가로막는가 하면, 다시 햇살이 반짝인다. 그러다가 또다시 검은 구름이 나타나 알프스산을 가로막는다. 시시각각 변하는 일기에 마음을 놓을 수 없다. 우리는 가파른 언덕길을 따라 정상에서 사진을 찍고 노란 민들레 꽃밭에 누워 하늘을 보았다. 약간은 고지인 관계로 나의 가슴이 조금 답답했지만 레스토랑에서 마신 맥주 한잔이 가슴을 뻥, 뚫어주었다.

리기산을 뒤로 하고, 처음 출발한 이태리 밀라노를 향해 버스를 타고 4시간여를 달렸다. 이태리와 스위스의 전경이 어찌 이리도 다를까. 해질 무렵이 되어서야 밀라노에 도착했다.

6월 12일 화요일

아침을 먹자마자, 이곳 밀라노에서 두 시간 버스를 타고 베로나 도시로 이동했다. 이곳은 셰익스피어의 '로미오와 줄리엣'의 배경이 된 도시이며, 실제 장소와 같이 설계된 집이 있어 많은 관광객이 모여 사진을 찍느라 야단이다. 실제로 셰익스피어는 이곳 지방에는 오지 않았는데 이곳의 전경을 어떻게 묘사하였는지 궁금했다.

이 베로나는 중세적 매력과 세련된 도시 분위기를 함께 갖춘 이탈리아 북동쪽의 도시로 사시사철 관광객이 몰려든다. 아디제(Adige)강이 시내 북서쪽을 휘감고 유유히 흐르고 있다. 또한 지금까지 원형경기장이 잘 보존되어 있어, 현재에는 콘서트를 하기 위해 준비가 분주하다. 옛날 이곳에서 경기를 하면 경기장 바닥에는 피가 바닥을 덮을 정도로 살육의 현장이었다고 한다.

점심을 한식으로 먹고 이태리 명물도시 베니스로 이동했다. 이곳 베니스는 역사가 깊은 항구도시다. 9~15세기에 지중해의 상권을 장악한 무역의 중심지였다. 이 섬은 자연 섬과 인공 섬으로 구성되어 있어 그 수가 120개 정도이다. 또, 이 섬을 연결하는 150개의 운하가 있다. 그런 관계로 자동차 등 운송수단은 없고 수상택시 또는 '곤돌라' 라고 하는 배를 이용하여 미로 같은 섬들을 관람할 수 있다.

그중 산 마르코광장에는 두칼레궁전과 마르코성당이 있다. 9세기의 건물로 말로는 설명할 수 없다. 100미터가 넘는 시계탑(깜빠닐레종탑)뿐만 아니라, 한번 들어가면 살아 돌아올 수 없는 감옥이 궁전과 나란히 있어 이색적이다.

관광을 마치고 나오는 길, 갑자기 먹구름이 밀려오더니 장대비가 내린다. 더운 초여름의 기온에 허덕이다가 버스 안에서 시원한 빗줄기와 마주한 것이다. 여행하는 내내 관람하는 시간에는 날씨가 좋고, 이동하는 버스 안에서만 시원한 빗줄기를 보니 운도 좋은 여행이다. 베니스 섬을 등지고 호텔로 향하니 오늘 하루 일정도 무사히 끝이 났다.

6월 13일 수요일

물의 도시 베네치아의 기억이 아직도 뇌리에 가물거리는 아침, 조금은 피로한 몸을 이끌고 피렌체로 가기 위해 몸을 실었다. 피렌체까지 가는 데는 약 세 시간 반 정도가 걸린다고 한다.

우리는 피렌체에 도착해 가죽제품으로 명성이 난 면세점에서 여러 가지를 구경했으나, 우리에게 합당한 물건이 없어 눈요기만 하였다. 시장기도 들고 햇빛이 장렬하여 그늘을 찾아 휴식을 하니 점심시간이 되었다. 오늘 점심은 티본스테이크이다. 티본스테이크(T-bone Steak)는 소 부위 중 안심과 등심 사이의 T자 모양을 한 뼈 부분을 이용하여 조리한 스테이크다. 엄청난 크기의 잘 익은 소고기가 나와 깜짝 놀랐다. 야채를 먹고 피자도 먹은 상태라, 아무리 맛있어도 스테이크를 다 먹기는 무리였다.

배가 터지도록 포식을 한 후, 피렌체 시가지를 구경하였다. 그런데 아내의 발에 문제가 생겨 더는 걸을 수 없었다. 아내는 통증을 호소했다. 일행들이 일렬로 앞에 가는데, 아내와 나는 한발 한발 따라 걸으면서도 점점 뒤쳐졌다. 안내자에게 조금만 천천히 가든지, 아니면 우리는 어딘가에서 휴식을 하고 관람을 하지 않는 방법을 제안했지만, 관람코스가 이곳으로 다시 돌아올 수 없는 코스라 진퇴양난이었다. 이를 악물고 통증을 참으며 걷고 있는 아내 옆에서 나는 무엇을 어찌해야 하는가. 아무런 조치를 할 수 없었다. 낯선 이국땅에서 처음 겪는 일이라 그저 막막했다. 간신히 조심조심 걸으며 행렬 뒤를 따라갔다. 빨리 버스로 돌아가는 것만이 최선이었다. 오후 시간이 참으로 길게 느껴졌다.

두오모성당, 미켈란젤로광장에서는 아무런 기억이 없다. 피곤한 몸을 이끌고 로마에 입성하여 아내의 발 상태를 점검하고 침대에 몸을 뉘었다.

6월 14일 목요일

아내의 발상태가 걱정되어 확인하니, 간밤 동안 조금은 좋아졌다. 오늘은 바티칸 시내와 바티칸박물관 그리고 성 베드로 대성당을 구경할 차례다. 이곳은 이번 여행의 최종 목적지면서, 우리 가족이 천주교 신자인 관계로 다들 기대한 곳이기도 하다.

말할 수 없이 많은 인파가 모여 있는 박물관과 성당! 무엇인지 구경도 제대로 못한 채, 이리 치이고 저리 치이고 하는 상황이었다. 안내자의 말에 따르면, 로마 시내는 유명한 조각품 및 건축물이 너무 많아 한 번에 기억할 수도 없다고 한다. 설명을 잘해도 이해하기가 쉽지 않으니, 그저 몇 가지만 자세히 듣고 가라고 미리 당부했다.

우리 팀 전체는 로마 시가지와 바티칸 관람의 도보 거리가 많은 이유로, 벤스 관광을 하기로 했다. 우리가 관람하려는 곳의 최대한 가까이까지 벤스를 타고 가서 구경하고, 다시 벤스를 타고 이동하기로 결정한 것이다. 어제 발이 아파 힘들어했던 아내를 생각하니, 조금은 안심되었다.

우선 우리는 바티칸 시티로 향해 바티칸박물관과 성베드로대성당을 구경하였다. 성베드로대성당의 미켈란젤로가 그린 '천지창조'는 퍽 인상적이었다. 1508년 교황 율리우스 2세의 명에 따라 그린 그림이다. 12사도를 그리고 천장 중심부에는 장식용 그림을 그리라고 명하였으나, 미켈란젤로는 자기 주장대로 '천지창조'를 4년에 걸쳐 완성하였다. 빛과 어둠의 분리, 해와 달의 창조, 아담의 창조, 이브의 창조 등 9개의 그림으로 이루어져 있다. 또한, '최후의 심판'은 그의 나이 60세에 노약한 몸으로 그려진 거대한 작품이다. 그 작품 속에는 390명이나 되는 인물이 살아 숨 쉬고 있다. 1535년에서 1541년에 그려진 그림을 볼 수 있다니, 감탄이 절로 나올 뿐이다.

성베드로대성당을 나와 광장으로 발걸음을 옮겼다. 광장 주변에 솟아 있는 예술품들은 말로 다 형언할 수 없다. 산피에트로대성당의 광장에서 약 500년 전의 이곳을 상상하니 머리가 빙글 돈다. 더 이상 무엇을 말하랴?

손녀인 소민이의 손을 잡고 조국인 한국에 돌아가기 위해 버스를 타고 공항으로 이동했다. 피곤한 여행이었지만, 며칠 동안 내 마음을 가득 채운 스위스의 화려란 전경을 생각한다. 시간이 허락되면, 좀 더 여유롭게 시간을 두고 차근차근 다시 보고 싶다. 이제 스위스에도 가족과의 소중한 시간과 추억이 남아 있다. 갈증을 해소해 준 맥주 한잔과 형언할 수조차 없는 이태리 커피의 향기가 벌써부터 그립다.

제2부

나의 그림 작품들

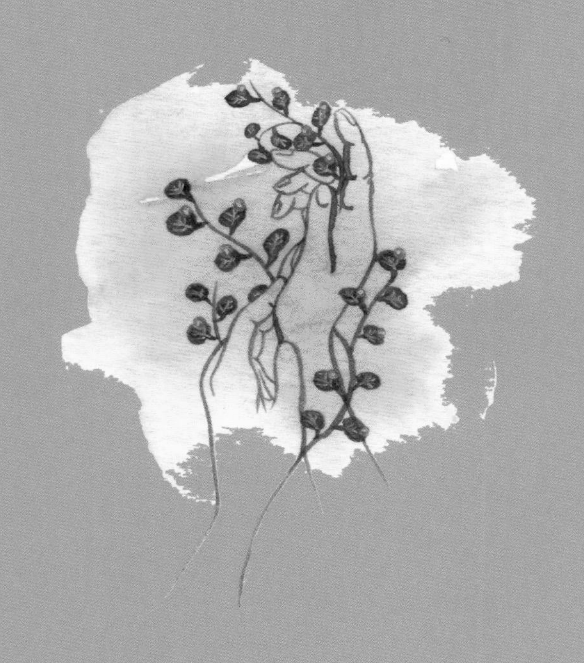

나의 초상화

(22X18cm)

윤소민 초상화

(38X38cm)

바닷가 유채꽃

(54X39cm)

갈대밭 철새

(27X20cm)

노을진 강가

(22X16cm)

밴쿠버의 시계탑

(23X17cm)

귤

(21X17cm)

천리포 꽃나무

(33X19cm)

묵주

(17X23cm)

사과

(30X21cm)

우정

(23X17cm)

여름날의 목장

(23X22cm)

장미

(29X21cm)

동녘하늘

(41X24cm)

서산집 전경

(53X41cm)

(80X40cm)

노을

(53X41cm)

야망

(53X41cm)

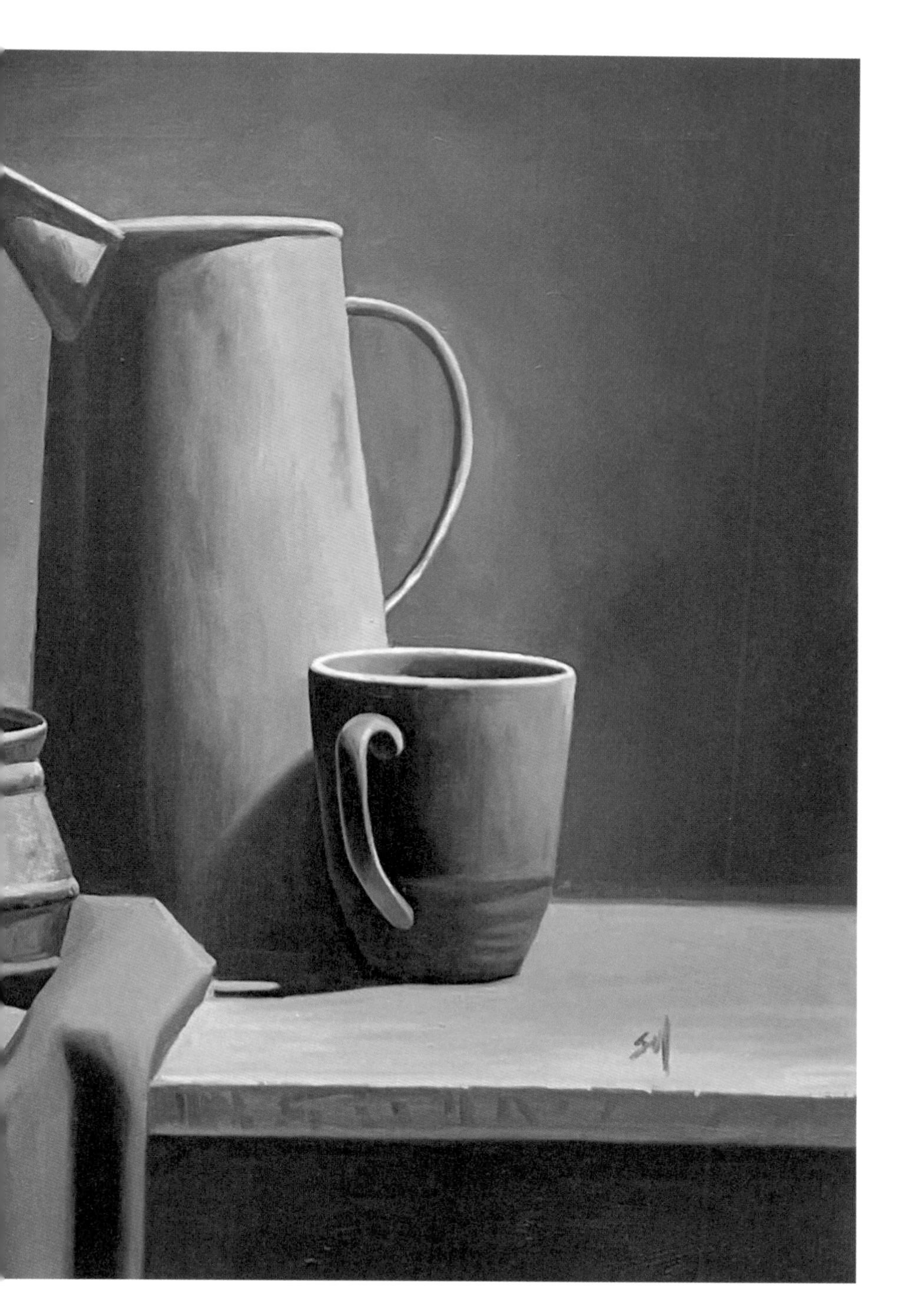

(73X53cm)

나무

(29X21cm)

동명왕릉

(44X32cm)

2006. 6 24 비즈니스 차 평양 방문 중
동명성왕릉(고구려 시조)을 참배하고,
그곳에서 미대생 김정선씨가 본 그림을 그리던 중 기증받음

제3부

축하 작품들

나무(30X21cm)

구나나

건국대학교 회화과 동양화 전공, 동대학원 졸업
회화와 일러스트 작가로 활동
각종 대회에서 입특선
현재 화실 소설을 운영

어하도(2019)

고요히 드러냄의 참맛(2013)

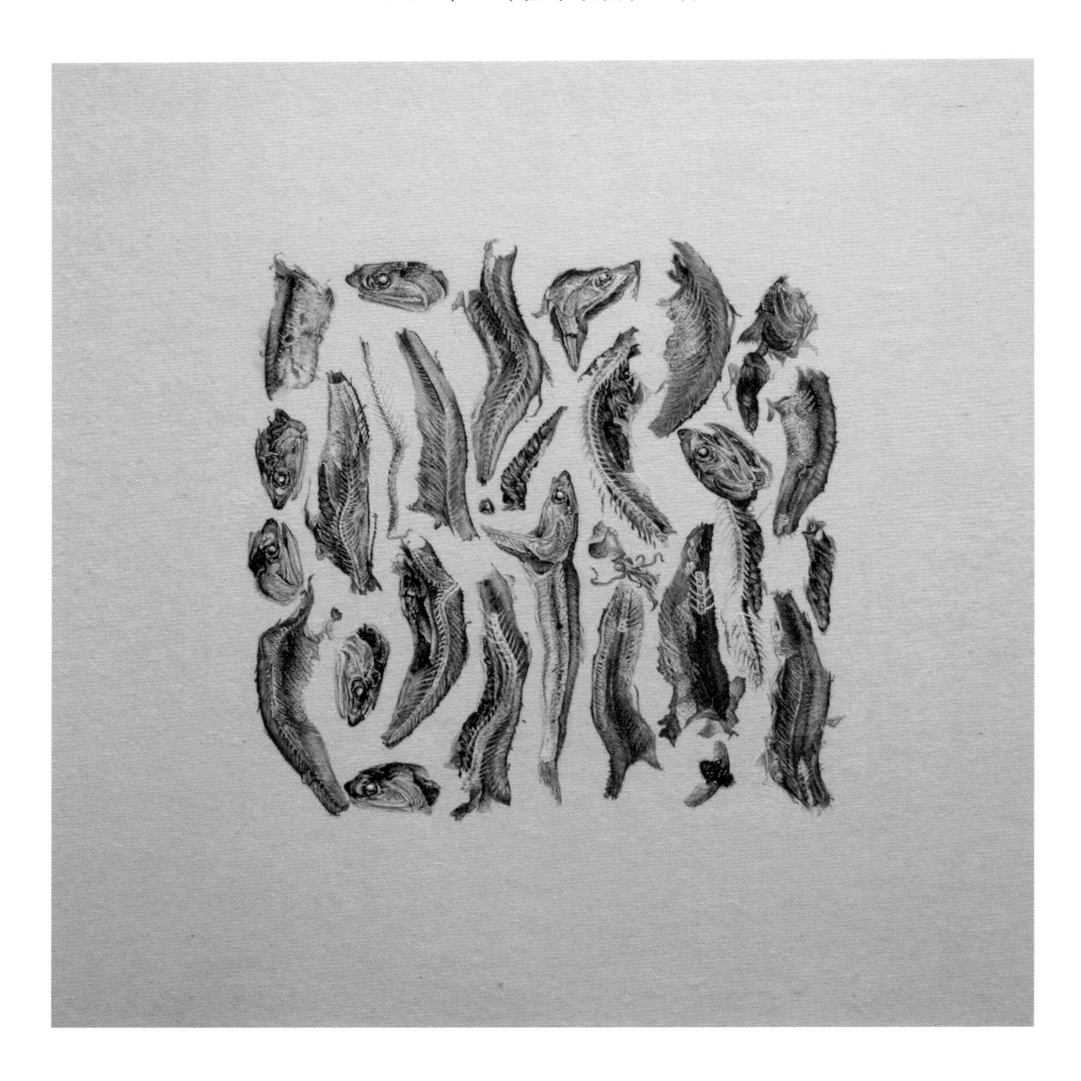

이러기도 하고 저러기도 한 날들을 통해 이루어진다(2013)

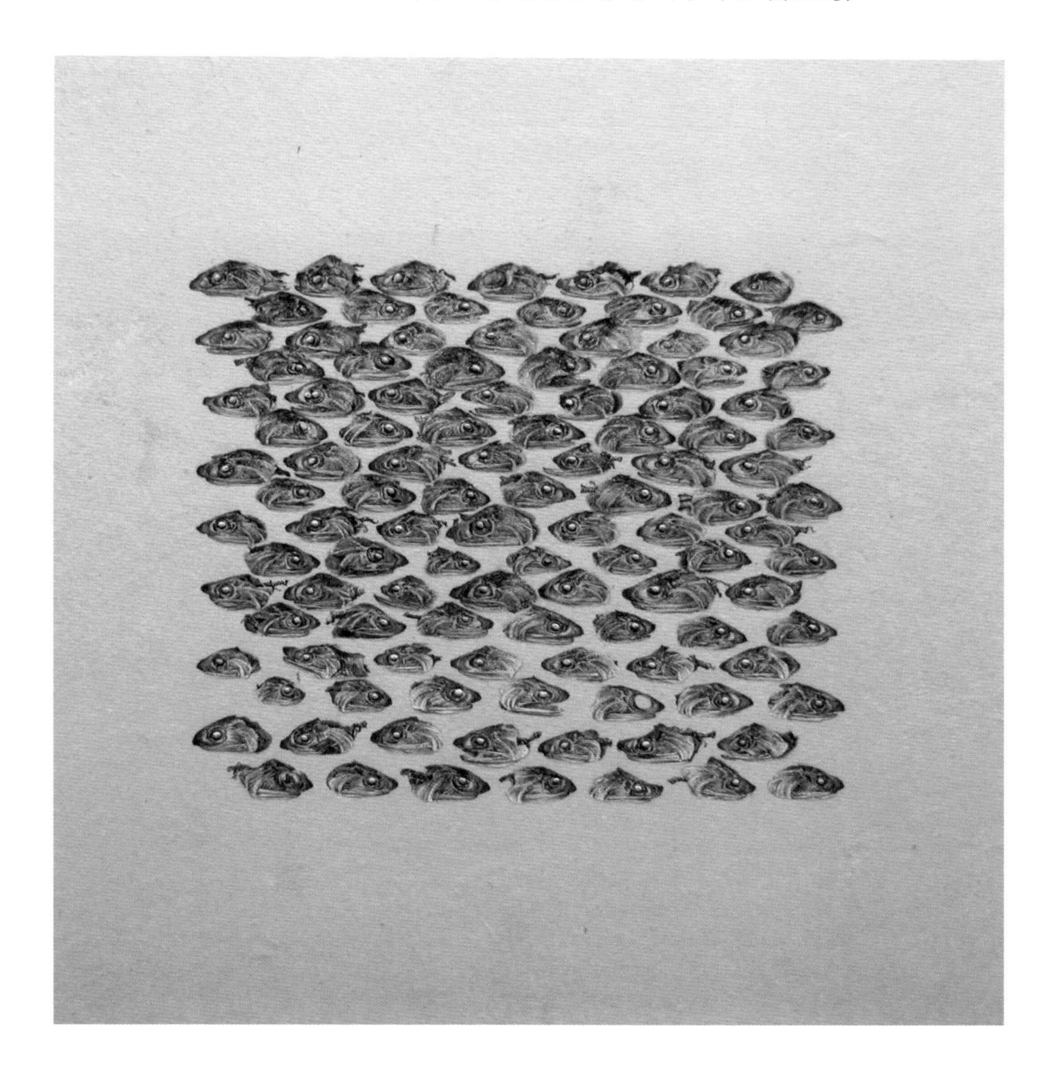

공백(2013)

놀래쓰시계(2007)

표지 휘호

목정 김평운

木汀 金平雲

연세대학교 공항대학원 졸업 공학석사

삼성전자 중앙연구소 수석연구원 역임

주식회사 동화이이엔디 대표이사 역임

(사)한국서가협회 초대작가

(사)한국서도협회 초대작가

(사)해동서예학회 초대작가

한국서가협회 캘리그라피 지도사 자격증

제17회 한국서화작품대전 대상

제37회 대한민국전통미술대전 서예전통미술 대상

雲畔棲精廬安禪四紀餘節
然出山步葉跪入京逃竹架
泉聲緊松樞日朝綠境高吟
不老瞑目悟真如

求河 金平雲

雲畔構精廬 安禪四紀餘

운반구정려 안선사기여

筇無出山步 筆絶入京書

공무출산보 필절입경서

竹架泉聲緊 松欞日影疏

죽가천성긴 송령일영소

境高吟不盡 瞑目悟眞如

경고음부진 명목오진여

-孤雲 崔致遠先生 詩

晴日鄉村景意謀秋
園風味向堪詩枯藤
野色所矜霞滿巒山
坡栗腹呼

求汀 金平雲

晴日鄕村樂意譁

청일향촌락의화

秋園風味向堪誇

추원풍미향감과

枯藤野屋瓜身露

고등야옥과신로

病葉山坡栗腹呀

병엽산파율복하

-丁若鏞 詩 '秋夕鄕村記俗'

山禽啼盡落花飛

산금제진낙화비

客子未歸春已歸

객자미귀춘이귀

忽有南風情思在

홀유남풍정사재

解吹庭草也依依

해취정초야의의

-三峰 鄭道傳 詩

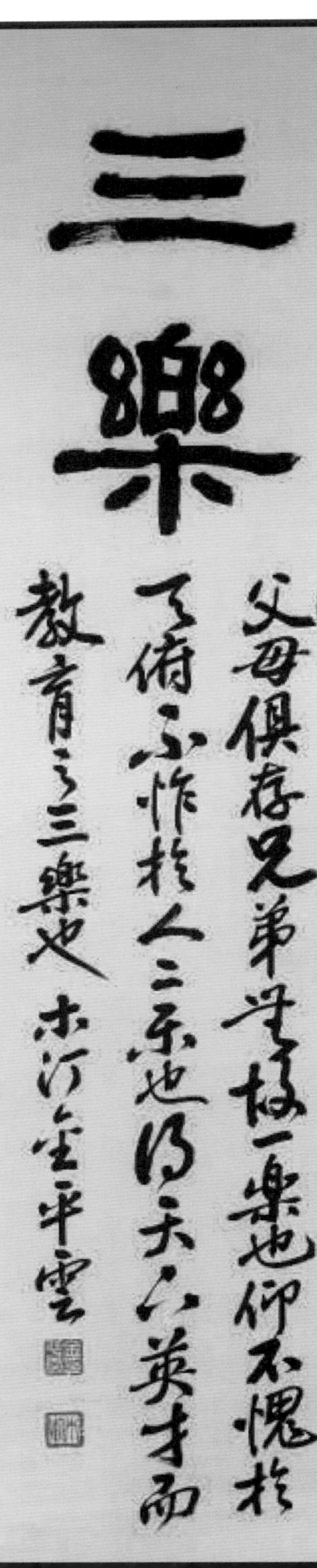
三樂
父母俱存兄弟無故一樂也仰不愧於
天俯不怍於人二樂也得天下英才而
教育之三樂也
木汀 金平雲

父母俱存兄弟無故一樂也

부모구존형제무고일락야

仰不愧於天俯不怍於人二樂也

앙불괴어천부부작어인이락야

得天下英才而教育之三樂也

득천하영재이교육지삼락야

-孟子三樂

月落烏啼霜滿天

月落烏啼霜滿天江楓漁火對愁眠

江楓漁火對愁眠

张継詩楓橋夜泊 未河 金平雲

老枝橫出數花新誰寄
丁酉初夜 木河

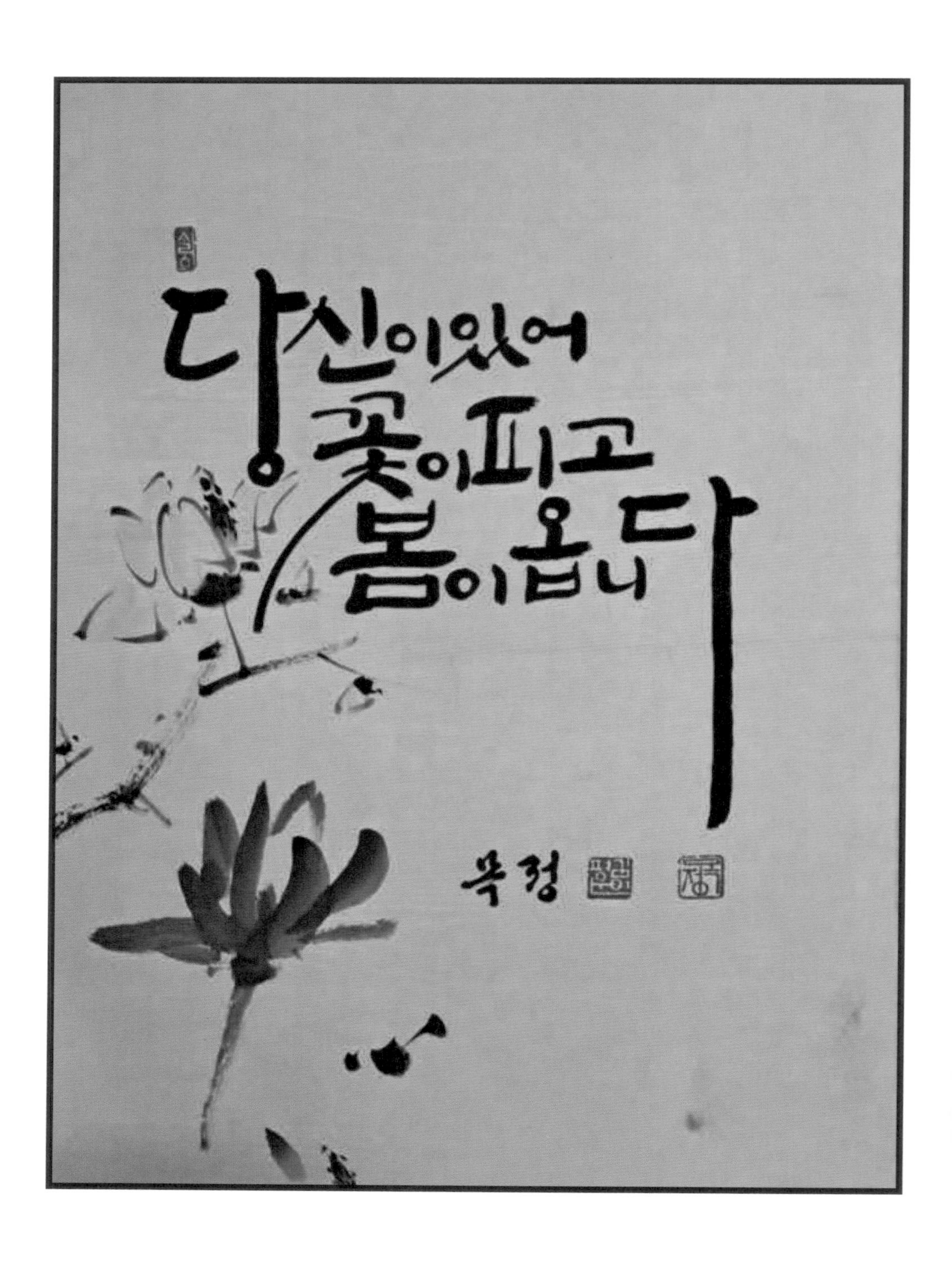
당신이있어
꽃이피고
봄이옵니다
목정

외손녀 윤소민의 작품

현재 캐나다 밴쿠버 Kitsilano Secondary 재학 중

나의 우상 할아버지

할아버지께서 첫 책을 출판하시고 몇 년 후 농담스럽게 던지셨던 그 말씀이 이렇게 현실로 이루어질지는 꿈에도 몰랐습니다. 무슨 말씀이던 허투로 꺼내신 적이 없고 허황되다 할 수 있는 일들도 실제로 성공시키시는 우리 할아버지인 걸 알면서도 당연히 농담이시겠거니 하고 간과했던 제 자신이 무척이나 부끄러워졌어요. 동시에 엄청난 존경심이 들었습니다. 외국에 살면서 가장 크게 느끼고 있는 것은 세상에 절대 당연한 일은 없다는 거예요. 나름대로 자부심을 가지고 쭉쭉 써내려가던 글이 이제는 짧은 편지조차 쓰기 고민될 정도로 어색해졌고, 영어를 그닥 잘하는 편이 아님에도 불구하고 차라리 영어가 편할까 하는 의문이 생겨요. 제 진심이 담긴 글 대신 학교 과제용 에세이를 쓰는 횟수가 더 늘어나면서 점점 마음을 표현하는 법을 잃어가는 것 같아요. 어떻게 해야 할아버지를 향한 제 마음이 글에 더 잘 담길까, 또 단어만 멋들인 껍데기밖에 되지는 않을까 하는 생각에 편지도 여러 번 지웠다 썼다를 반복했습니다.

할아버지가 작년에 캐나다에 와 계신 때 이번 출간할 책 내용을 할아버지와 같이 수정하면서 우리 젊은 사람들이 생각하지 못한 일들을 계획해 가시는 것을 보면서 역시 할아버지 손녀가 됨을 자랑스럽게 느끼곤 했었습니다.

그때 솔직하고 따뜻한 그리고 시골 어린 시절을 살면서 때 묻지 않은 순진한 할아버지의 어린이 같은 순수한 문체에 또 다시 감탄했습니다.

할아버지와 나와는 유치원 그리고 초등학교 시절의 절반을 같이 한 세월이기에 기쁨도 듬뿍, 설움도 가끔. 그렇게 지냈었지요.

우산을 들고 빗방울을 튕기며 걷던 추억, 할아버지 등에서 칭얼댔던 기억, 등굣길 재잘재잘 떠들며 가던 일이며, 가끔은 기분이 나쁠 때 할아버지 품 속에서 울곤 하던 손녀가 이렇게 타국 땅에 와서 공부를 하게 됨도 모두 할아버지 덕분이라고 생각하며 고맙게 생각하고 있습니다.

이곳 밴쿠버에는 비가 자주 오는데, 그때 등하교길을 지켜주시던 할아버지 생각이 납니다.

나도 이제는 모든 순간에 최선을 다하고 목표를 향해 꾸준히 나아가는 것이 얼마나 어려운 일인지를 알기에 할아버지가 존경스럽고 제가 이런 멋진 분의 손녀라는 게 자랑스럽습니다. 할아버지의 책 출간은 결실을 맺기까지의 노력만으로도 형용할 수도 없이 가치가 있어요.

저의 우상 할아버지. 할아버지를, 또 할아버지의 글을 사랑합니다. 출판 축하드려요. 사랑해요.

할아버지 피가 흐르는 손녀 **소민이**

Eraser

Somin Yoon

No one will ever know

Spy you behind the nearest pillar

Watch you made a bloody mistake

Enjoy you trembled hands in panic

Darkness blurs at my movement

Track you down from when it starts

Head back the way we passed though

Dance until the darkness disappears

Dance until the sun shines

With gray debris left behind

With only word that I repeat

No one will know

No one will ever know

*위 작품은 North Vancouver Argyle Secondary School에서 Outstanding Learner Award를 받았다

지우개

윤소민

아무도 모를 거야.

가까운 기둥 뒤 숨어서 지켜본다.

피비린내가 그득한 실수를 저지르는 너를 쳐다본다.

충격으로 떨리는 손을 즐긴다.

나의 몸짓에 어둠이 번진다.

모든 것의 시초로부터 너를 추적해 나간다.

우리가 지나온 길을 돌이키면서

어둠이 다할 때까지 춤을 춘다.

다음 해가 뜰 때까지 춤을 춘다.

회색빛 흔적을 남긴 채

내가 유일하게 할 수 있는 말만 반복한 채

아무도 모를 거야.

아무도

아무도 모를 거야.

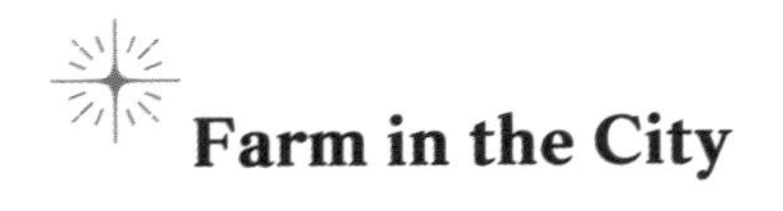

Farm in the City

Somin Yoon

Fasten shoes perform hasty tap-dance on the street
covered with a thin layer of ice
Frozen hands are wiggling inside of suit pocket,
listening to dissonant honks that interrupt the silence of darkness
Traffic lights, green as pine trees, dim the fatigued morning.

Reaching the violent emptiness of the stratosphere,
buildings are solely filled with keyboard types
Every face displays an emotionless smile like a robot
exposing their eyes to the offensive blue light.

Under the eternal shadow of bright sunlight,
in the mid of black barren concrete blocks,
plants, watered, guarded and admired, are growing in delight,
squeezing and jostling to pass through the rocks,
to feel the fresh air.

As candescent sunlight flees beyond the buildings,
tired workers trudge along with the waning moonlight,
reach the shelter of peaceful solacing,
the shelter of easeful twilight.

Holding a scoop of gleaming moonlight,
leaves gently sway left and right
as if they try to console people's sore hurts,
as if they try to lighten the burden on the backs
In this frozen world, here, the only place where we can rest.

도심 속 텃밭

윤소민

꽉 묶은 구두들이
얇은 얼음 막으로 쌓인 길 위에서
서둘러 탭댄스를 추고 있다.

얼음장 같은 손은
정장 주머니 속에서 꿈틀대며
침묵하는 어둠을 끊는
경적의 불협화음을 듣는다.

소나무처럼
푸르른 신호등은
피곤한 아침을 서서히 밝힌다.

대기권의 잔인한 공허에 닿은 채
키보드 소리로만 채워진
높은 빌딩들

모든 얼굴들이
폭력적인 블루 라이트에 눈을 노출시키며
로봇마냥 감정이 제외된 미소만을 띄우고 있다.

밝은 태양
끝없는 그림자 아래
삭막한 검은 콘크리트 블록 사이에서

사랑받고 보호받는 식물들이
찡겨지고 쓸리며
맑은 공기를 느끼기 위해
기쁨 속에서 자라난다.

작열하는 태양 빛이
빌딩 뒤로 넘어가고
피곤에 찌든 직장인들이
달빛을 따라 터덜터덜
평화로운 위로의 쉼터로
평안한 황혼으로

은은한 달빛을 한 스푼 뜬 채
이파리들은 부드럽게
마치 마음의 상처를 치유하듯

마치 그들이 우리의 짐을 덜어주듯
왼쪽으로 오른쪽으로
그네를 탄다.

이 추운 세상
여기
우리가 쉴 수 있는 유일한 공간.

제4부

출간을 축하하며

이시돌 성인 닮은 농부

20여 년 전 우리 가족이 제주도 이시돌 목장을 관광한 적이 있었습니다. 그 목장의 현관 입구에 작은 동산이 있었는데 그 동산 안에 '한 농부가 밭을 가는데 뒤에서 두 천사가 보호해 주는 형상'을 본 적이 있습니다. 그 형상의 주인공이 바로 이시돌 성인입니다. 이시돌 성인은 스페인에서 태어나 농장에서 주인의 일을 도와주는 평범한 농부였습니다. 그는 매사를 근면하고 성실히 수행하는 착한 사람으로서, 가난한 이들에게 커다란 사랑을 실천하였으므로 하느님 보시기에 훌륭한 사람으로 인정되어 오늘날 성인품에까지 오르게 되었습니다. 이 성인의 약력과 모습은 돌아가신 저의 아버지의 모습과 너무나 비슷하였기에 저는 마음속으로 아버지를 이시돌이라 혼자 부르게 되었습니다.

농부이신 아버지께서는 5살에 고아가 된 외사촌 동생 갑오를 우리 집에 데려와 잘 키워 결혼 중매도 하시어 잘 살게 하였습니다. (가장 작은 이들 가운데 한 사람에게 해준 것이 바로 나에게 해 준 것이다. 마태 25, 40)

제가 중학교를 다니던 어느 여름, 오랜 가뭄으로 비가 기다려질 때였습니다. 어느 날 새벽 1시경 갑자기 소나기가 내리기 시작했습니다. 아버지께서는 아무것도 모르고 잠자던 저를 깨워 산 넘어 저의 논에 물길을 잡아주기 위해 같이 들에 나갔습니다. 우리 논에만 물길을 잡아주시는 것이 아니라 이웃집 논에도 물길을 잡아주시는 모습을 보고 가슴이 찡하였습니다. 또 가을 추수가 끝나면 감사의 고사를 지냈습니다. 그때 우리 집은 시루떡을 만들어 동네 사람들에게 나누어주면 저희들은 마지막 조금 남은 것으로 맛을 보곤 했습니다.

어려운 사람을 도와주시고, 가뭄 끝에 내리는 단비를 이웃과 함께 하고, 맛있는 음식이 있으면 일가친척 그리고 한 동네의 이웃들과 함께 나누시던 아버지의 자애스러운 모습이 떠오릅니다. 너무나 아름다운 저의 아버지의 마음씨에 감사를 드립니다. 작은 것도 나눔을 실천하신 아버지 영혼에 이 글을 올립니다.

김승태

(신림 성모성당 회장)

추억

사람은 누구나 마음에 묻어 놓은 추억 거리가 생각나는 날엔 하루가 즐겁다. 그래서 오늘은 잊었던 젊은 날의 추억으로 여행을 떠나보련다.

우리 둘은 운좋게 첫 직장을, 김 사장은 서울의 한복판 명동에서, 나는 효자동에서 공무원 생활을 한 동네에서 시작하였다. 지금의 명동은 화려하고 북적이던 거리는 온데 간데 없고 빛바랜 사진처럼 세월의 뒤안길이 되었지만 그 시절 X~mas 이브에는 연인들의 행렬에 끼여 밤가는 줄 몰랐던 가슴속 이야기들은 항상 그때처럼 새롭다. 우리는 가끔 진고개를 오가며 차 마시고 양식도 먹고 양복과 Y셔츠를 맞춰 입으며 멋을 부렸다.

그러던 어느 날 약속 장소에 나가니 서로간 아는 친구들과 식사를 같이 하게 되었다. 그 친구 중 한 명이 김 사장과 1호선 부천역에서 출근을 같이 하는데 성씨밖에 모르고 결혼 여부가 제일 알쏭달쏭하다고 하던 차 그 모임에서 서로를 알게 되었다.

그 날 모인 친구 중 참한 규수가 있어 김사장이 나에게 소개한 S양이 지금의 나의 아내다. 우리는 말단으로 출발하여 사무관까지 승진하였고 김 사장은 승진을 빨리 한 후 일찍 사업을 시작하여 한국 내 병원 및 외국에서 병원 사업을 하는 프로젝트에 성공하였다. 그 과정엔 배신, 모함 등 우여곡절도 많았지만 지금은 의료장비 대부분을 직접 만들고 심지어 건물까지 설립하여 많은 미개발국가에 종합의료센터를 건립하여 인류 보건에 크게 이바지하고 있다.

그리고 전년도 말엔 온 세계가 공포의 코로나19 팬데믹으로 불안한 가운데 아프리카에 출장 가 초대형 프로젝트를 수주하고 왔으니 그 뚝심과 저력은 아마도 아홉 살 소년이 고향 앞바다 가로리만의 짜디짠 해풍을 맞으며 다져진 체력과 일흔이 넘어서는 팔봉산 정기가 일조하지 않았나 싶다.

아울러 새벽잠 설치며 순수한 시와 수필을 엮어 『일흔에 아홉 살 꿈을 이루다』를 만들어 낸 것은 우리 모두의 자랑이고 보람이고 희망이다. 그 후 제2집이 출간된다는 소식을 접하여 너무 고맙고 감격스러운 마음이다.

마치 내일 지구의 종말이 온다 해도 한 그루 사과나무를 심는 것처럼……. 그는 그냥 옆을 보지 않고 앞으로 가고만 한다.

정성 어린 두 번째 출간을 진심으로 축하하며…….

친구 박영우

서로를 걱정하는 벗

친구이자 매제인 김사장이 희수에 즈음하여 다시 책을 출간한다니 진심으로 축하한다. 고희 때 그가 첫 책을 만든다고 하였을 때 조금은 걱정이 되었는데 출간한 책을 한 장씩 보면서 새로운 면을 발견하여 참말로 기뻤다.

다시 그간의 작품들을 모아 희수를 맞이하며 제2집을 출간한다니 축하한다.

요즈음 그가 신장이 문제가 있어 자주 전화를 하며 건강에 서로 신경을 쓰고 있다.

지금 우리 나이에는 일도 중요하지만 제일 문제가 건강하게 살다 가는 것이다.

오늘도 건강,

내일도 건강이다.

그와 같이한 60여 년 동안 오고 간 정들이 쌓여 동산을 만들 만큼 높은 산을 이루고 있지만 남은 시간들이 더 중요한 고비인지라 항상 열심히 운동을 하고 건강을 지키는 습관이 필요한 때이다.

모쪼록, 다시 건강에 최선을 다하기를 바라며 2집 출간을 축하한다.

친구 변의승

매력있는 노신사 김세호 사장

1. 미지 개척하는 탐험가

김세호 사장은 서산에서 태어나 조달청 국가 공무원 생활을 하다가 1983년 10월에 주식회사 유일기기를 설립하여 오늘에 이르고 있다.

㈜유일기기는 의료기기생산, 의료기기 수출은 물론이고 외국에 의료원 설립, 의료원 운영 및 카운슬러, 컨설팅까지 도맡아하고 있는 대한민국을 대표하는 의료기기산업의 선두주자다.

해외여행을 하다 길을 잃었을 때가 있었는데 얼마나 당황스러운가. 김세호 사장은 모래사막에서 바늘을 찾는다는 의지와 열정으로 외국에 의료원 설립 및 컨설팅을 하 고 있다.

김세호 사장은 본인의 사업을 추진하기 위해 단기간 해외여행도 하지만 100여 국가 의 보건의료 건강관계 고위직 공무원을 만나서 민간외교관 역할까지 한다. 그리고 더 고마운 것은 저개발국가 어린이들에게 선물을 하는 그야말로 착한 기업인이다. 또 김세호 사장이 제작, 수출, 운용하고 있는 의료기기 덕분에 많은 이들에게 건강한 생활 을 주었다는 것이다.

일반적으로 기업을 창업하는 경우 99%가 도중에 문을 닫는다. 휘몰

아치는 외부환경, 집채 같은 파도의 격랑속에서 견디지 못하는 경우가 많은 것이다. 김세호 사장은 지금으로부터 약 40년 전에 맨몸으로 생소한 사업에 뛰어들어 오늘날까지 일취월장으로 기업을 발전시켜 지금은 중견기업으로까지 키워온 의지의 한국인이다.

2. 어머니, 어머니, 우리 어머니

김세호 사장은 착한 성품을 가지고 태어난 사람이다. 일찍 아버지를 여의고 홀어머니가 정성스럽게 키웠다. 김사장은 어머니에 대한 효성이 지극한 사람이다. 어릴 적 얘기를 하다보면 어머니 얘기를 반드시 한다. 이러한 마음은 굳은 의지의 어머니, 부지런했던 어머니, 마음이 넓었던 어머니, 엄격하고 자상했던 어머니의 모습을 그리면서 어떤 때는 눈시울을 적신다. 아마도 김세호 사장의 착한 마음은 어머니로부터 받은 유전적 성장일 것이다.

김세호 사장은 독실한 카톨릭 신자다. 성당에 가서 고해성사를 하면서 지나온 과거를 반성하고 미래를 개척하는 뜨거운 결심을 한다. 김세호 사장은 성모 마리아에게 기도와 성호를 하면서 그 앞에 어머니의 환영을 중첩시켜 생각할 것이다. 그러나 그 보다 더 심오한 것은 아마도 어머니의 평소 가르침에 영향을 받았을 것으로 보인다. 김세호 사장은 맨땅에 헤딩한다는 심정으로 기업을 창업한 사람이다. 그는 탐구심으로 밤새워 공부하고 독창적인 아이디어를 가지고 연구했다. 이러한 도전도 사실 그동안 혼자 사신 어머니로부터 무언의 가르침을 받았을 것이다.

김세호 사장은 부지런하다. 남보다 일찍 일어나서 회사일을 돌보고, 관악산을 산책하며, 보라매공원을 거닐기도 한다. 이 부지런한 성격도 아마 어머니로부터 물려받았을 것이다.

두보의 시에 '전익다사시여사(轉益多師是汝師)'라는 글이 있는데 이는 '좋은 것을 보면 스승으로 삼고, 나쁜 것을 보아도 이를 스승으로 삼아라'는 뜻이다. 김세호 사장은 착하고 부지런하면서 사업상 별별 일을 겪고, 별별 사람을 만나면서 스스로 정화 시키고 스스로를 수양한 인격자이다.

3. 카리스마 리더십

김세호 사장은 머리가 빠른, 다시 말하면 두뇌 회전이 빠른 사람이다. 누가 무슨 말을 하면 겉으로는 무표정하지만 속으로는 이미 결론을 도출하고 있다. 그러나 즉각적인 의사표시는 안하는 성격이다 그러면서 유머감각이 있어 우스개소리 한마디로 표현하기도 한다.

김세호 사장은 어떤 면에서는 독한 사람이다. 남들이 어려워하는 사업이나 업무를 묵묵히 해 나가기도 하지만 자기 자신에게 엄격하고 남에게도 그 원칙을 적용시킨다. 한마디로 무서운 독종이다.

논어에 '적선지가 필유여경(積善之家 必有餘慶)'이라는 말이 있다. '착한 일을 많이 하여 그것이 쌓이는 사람(가문)은 반드시 경사스러운 일이 있다'는 말이다. 남에게 좋은 일 하고 성당에 많은 희사(喜捨)를 하는 김세호 사장은 경사스러운 복을 받을 것이다. 김세호 사장이 이제 나이 77세이다. 아메리카 인디언들이 말을 달리다가 언덕에 올라

가 자신이 달려온 길을 내려다본다. 육신은 이렇게 열심히 달려왔는데 영혼이 잘 따라오고 있는가를 살피는 것이다.

김세호 사장도 그동안 쉴 새 없이 달려온 길을 이제 되돌아보면서 영혼이 따라왔는가를 살펴야 할 시점이다. 김세호 사장의 예쁜 사모님, 그리고 사랑하는 가족과 더불어 멋지고 여유롭고 재미있는 노후를 기대해 본다.

황진수

(전 한성대 부총장

현재 대한노인회중앙회 이사, 한성대 명예교수)

朋友(붕우)

붕우 김세호와의 인연은 1968년, 지금으로부터 50여 년 전 그는 서산 촌놈, 나는 보령 촌놈이 서울이란 도시에서 직장생활을 하며 시작되었다. 그도 나도 처음에는 먼발치에서 안면을 아는 정도였다. 친구도 어려운 환경에서 대학을 가지 못하고 나도 역시 같은 처지였는데, 서로 뜻이 있어 그 시절 직장을 다니면서 공부하는 친구들끼리 만나게 되었다. 서로의 처지가 같은지라 만나면 반갑고 이해가 되는 사이었다.

오랜 세월 이어졌다가 만나고, 헤어졌다가 다시 만나는 긴 세월.

그는 뜻이 있어 공직을 그만두고 사업의 길로….

나는 대학을 졸업 후 중 고등학교 선생으로….

우리는 같은 길에서 다른 인생을 살아 왔다.

내가 강원도 인제지방의 학교에 있을 적에 방학이 되면 친구의 자식 남매와 우리 아이들 삼남매가 인제 앞 냇가에서 헤엄치며 즐겁게 놀던 추억이 어제만 같다.

나는 고등학교 교장을 끝으로 퇴직을 하고, 친구는 지금도 사업을 하고 있지만, 그는 어느 정도 사업에 자리를 잡자 글을 쓴다. 그림을 그린다. 영어 공부를 한다… 좌우간 쉬지 않고 도전하는 그의 성격은 50년을 함께 한 친구이지만 도저히 납득이 가지 않는다.

지금은 거리가 있어 자주 볼 수 없어도 우리는 간간히 전화를 하여 서로 간 건강한지를 묻는다.

朋友란 벗 붕, 벗 우. 벗이 겹치는 높고 높은 그런 사이다.

우리는 옛날의 붕우의 일화도 잘 알고 있다.

그가 말하지 않아도 그의 눈빛만 보아도 그를 안다. 최근 그가 여러 병 중에서도 신장에 이상이 있다며 먹지도 못하고 몸 관리를 한다는 소식에 가슴이 아프다.

또 사업은 어떠한지?

우리는 구체적으로 말을 안 해도 진심이 묻어나는 말 한마디에 서로 간 위안을 받는 사이이다. 오늘도 요즘 유행하는 코로나에 걱정이 되어 전화를 하니 목소리가 이상하여 재차 건강을 물으니 친구는 괜찮다며 목소리를 가다듬는다.

그간, 친구가 일흔에 책을 출간하였는데 다시 2집 출간을 한다며 분주한 모양이다.

하여 친구에게,

"여보게 친구…

이제는 조금 내려 놓고 건강하게 아름답게 익어 가세…."

라고 충고를 했다.

좌우간 두 번 째 출간을 한다니 진심으로 진심으로 축하한다.

붕우 이교수

(사진작가, 전 대화고등학교 교장)

옛 동기를 생각하다

우선 축하부터 드립니다. 일흔 살을 고희(古稀) 또는 희수(稀壽)라 하는데, 일흔일곱 살은 기쁠 희 자를 써서 희수(喜壽)라고도 합니다. 희수를 맞아 인생수상록 『일흔에 아홉 살 꿈을 이루다』 발간에 이어 제2의 수상록을 출판함에 진심으로 축하를 드립니다. 일찍이 다산 정약용 선생은 '변례창신(變例創新)'이라 했습니다. 이는 기존에 있던 것을 참고하여 새로운 것을 만들어 내야 한다는 뜻입니다. 모든 것은 옛것의 기초 위에서 이루어진다 합니다. 옛것에서 나만의 색깔로 나만의 목소리를 내야 한다 했습니다.

김세호는 변례창신을 실천하여 어렵사리 성공한 대단한 사람입니다. 아홉 살에 꿈꾼 기초적 본보기가 일흔에 꿈을 이루어 그것을 발자취로 남긴 수상록이 바로 변례창신의 교훈이라 하겠습니다. 김세호는 충남 서산시 팔봉면 어송리 바닷가 고즈넉한 마을 재빼기에서 태어났습니다. 공기 좋고, 물 좋고, 인심 좋고, 바람 좋고, 바다 좋고, 꽃향기 좋은 곳에서 잔뼈가 굵었습니다. 아홉 살 때의 꿈, 본보기가 기초되어 큰 꿈을 이루어, 그 흔적을 수상록으로 남겼는데, 이제 다시 제2집을 발간함에 다시 한 번 더 축하를 드립니다.

김세호는 미술에도 조예가 깊습니다. 흔히들 말하기를 화가는 그림으로 시를 쓰고, 시인은 시로 그림을 그린다고 합니다. 김세호는 화가이자, 시인이기도 합니다. 삶을 살아오는 과정에서 틈을 내 그림을 그리고, 시를 쓰고, 수상록을 쓴 주옥같은 글들을, 그냥 덮어두거나, 버리기는 너무나 아까운 삶의 편린들을 변례창신의 사자성어처럼 서적으로 남겨 후손들에게 교훈이 되고자 함은 정신적 흐름의 강물이라 하겠습니다.

시와 그림, 그리고 수상록, 그리고 가족들의 주옥같은 글들이, 한 권의 책속에서 울고 웃으면서, 아픔의 치유가 되고 또 다른 삶을 꽃피우는 삶터가 됨을 진심으로 축하드리고 박수를 보냅니다. 발문을 쓰다 보니 김세호라는 이름으로 3행시를 쓰게 되어 여기에 소개합니다.

김삿갓처럼 어려서부터 / 팔봉산자락을 휘적휘적 날아다니며
세살 때부터 아홉 살 때까지 / 팔봉산만큼 쌓아올린 야무진 꿈
호랑이 눈처럼 세상을 직시 / 일흔에 아홉 살 꿈을 꽃피운 님이여

박영춘

(사단법인 한국문인협회 감사)

30년의 세월

유일기기 김세호 사장님을 처음 뵌 것은 사회에 나온 지 얼마 되지 않을 때였다. 나는 이 사람 저 사람 만나면서 사람을 만나 인적 네트워크를 구축해 가고 있었다. 처음 만났을 때 매우 다부지다는 인상을 받았다. 일에 대한 열정이 느껴졌고 한편으로 섬세하다는 느낌도 받았다. 그로부터 30년이다.

30년 동안 우리는 각자의 일에 최선을 다했다. 인생의 갈 길을 열심히 가꿔 가면서 주어진 삶의 목표를 향해 걸어왔다. 각자의 영역에서 전문가가 되기 위해 전문지식을 쌓았고, 나름의 역량을 개발했다. 자기 분야를 이끌기 위한 초석을 마련했다.

그리하여 나는 지금부터 약 20년 전인 2002년에 독일 의료기기 회사인 Siemens Healthcare, Korea의 대표이사가 되었고 그 사이 김 사장님은 평상시 쌓아온 모든 자원과 일하시면서 축적된 본인의 역량과 경험을 토대로 유일기기라는 Global 기업을 설립하셨다. 유일기기는 대한민국 정부에서 Global 저개발 국가들에게 제공하는 healthcare 정부 지원 사업의 현장에 있다.

정부 공적 개발원조 사업(ODA: Official Development Assistance)에 참여하여 저개발국가 병원 및 보건 사업 발전에 참여한 기업은 S.S

물산밖에 없었다. 그런데 그 외 국내기업으로 유일하게 유일무역이 한 축을 담당하고 있다. 지금에 와서 추측하면 아마도 '유일'이라는 회사명이 이런 연유에서 시작되지 않았나 싶다. 김 사장님이 미래를 바라보는 안목과 추진력은 정말 대단하다고 생각한다.

나는 사람이 성공할 수 있는 요소로 평소 5C 즉, change, challenge, confidence, competence, communication이라는 덕목을 생각해왔다. 김 사장님을 뵐 때마다 이 모든 요소를 갖추신 분이라고 생각해 왔다. 끝없는 변화를 추구하고, 변화 속에 도전을 두려워하지 않고, 일에 대한 확신과 자신감, 탁월한 기술력, 원활한 소통 등으로 최상의 결과를 얻는 분이 바로 김 사장님이다.

내가 Siemens Healthcare 대표이사로 부임하면서 2002년 매출 120억 원을 시작으로 매년 두 자리의 매출 성장을 이루었고 더불어 매년 직원들의 고용률 상승도 이루어 갔다. 시장 점유율이 배로 성장되었고, 5년 후에 market share 50%를 이룰 수 있었다. 그러나 한국 시장 크기는 global 시장의 1~1.5% 정도이기 때문에 그 사이 이루어 온 market share 상승에 불구하고 국내 시장 성장의 한계에 직면하면서 기업의 지속적 성장에 대해 고민을 하게 되었다. 기업의 성장이 없으

면 직원 고용을 보장할 수 없고, 나아가 직원들의 기업에 대한 비전 자체를 잃게 되는 의욕상실 현상을 야기해 결국 지도력에 심각한 문제를 초래한다. 이것은 모든 리더들의 고민인 것이다.

이런 고민을 하고 있을 때 김 사장님이 유일기기에서 진행하고 있는 ODA 사업에 우리 회사제품 참여를 제안해 주셨다. 그 중에 베트남 하노이 ENT 병원 EDCF project, 모잠비크 켈리만 병원 프로젝트 등이 기억된다. 이런 획기적인 아이디어를 통해 내 자신이 15년간 외국 Global 기업 대표이사로 재직하면서 회사의 가치와 성장 및 고용 창출이라는 3대 mission 달성했다. 직원 수 80여 명에서 1200여 명으로 많은 고용 창출을 하고 매출은 125억 원에서 7000억 원으로 성장시키고 2017년 명예로운 퇴임을 맞이하였다.

퇴임한 지금도 유일기기 김세호 사장님과 함께 국내의 작은 스타트업 회사들의 제품들이 ODA 사업을 통해 해외 저개발국들에 널리 퍼져나가 k-health의 세계화를 이룰 수 있게 크고작은 보탬을 하고 있다. 노후의 나이에도 불구하고 김 사장님과 이런 보람된 일에 끊임없이 열정을 불태우고 있는 것에 자긍심을 느낀다. 이 지면을 통해 김 사장님의 끊임없는 혜안과 열정, 안목에 존경과 배움에 감사를 드린다.

박현구

(Siemens Korea 전 대표이사)

김세호님 77 기념문집 발간에 부쳐

내가 김세호 작가님을 처음 만난 게 하나은행 신림동 지점 재직 시절 2006년이니 벌써 16년여 전의 인연인 셈이다. 회장님이 설립한 ㈜유일기기가 지점의 주요 거래처 중의 하나였고, 대표였으니 아주 자연스러운 것이긴 했어도 회장님의 신토불이 정신 덕분이 아닐까. 신림동 토박이. 지금까지도 떠날 줄, 버릴 줄 모르신다.

그만큼 인연을 소중히 여기는 회장님의 인생철학인 셈이다.

당시 하나금융그룹에서는 회장님을 전통적으로 이어오던 지역 (명예)은행장으로 추천하여 임명장을 드리고 지점 경영 전반에 도움도 받고 곁에 묶어 둠으로써 다른 곳으로 옮겨가는 것을 방지하는 1석 2조의 효과를 누리는 전략을 쓰기도 했다. 그럼에도 불구하고 회장님은 평소 업무 차 방문하더라도 결코 직원들에게 우선 처리를 요구하는 법이 없었고 조용히 창구에서 순서를 기다리는 우수한(?) 조력자였다.

다만, 분명한 한 가지는 업무적으로 나태한 태도에 대해서는 시간과 비용을 낭비한다는 이유로 단호하게 지적하는 모습을 표현한 적이 있었다. 그 이후로 나와 직원들은 업무 처리에 신중과 정확을 기하는 자세를 가지게 되었음을 기억한다. 지금 생각해보니 화장님의 성공 요소인 성실과 철두철미 정신의 가치관을 실천한 것으로 여겨진다.

연중 두 차례 정도의 회식자리에 초대하여 직원들과 어울릴 때면 아낌없는 지원과 격려로 사기를 북돋아 주시던 환갑 나이의 젊은 시절 모습이 떠오른다. 건배사를 부탁드렸을 때 '은행은 하나면 충분하지. 여러 개가 필요하냐? 하나은행 파이팅!' 하는 재치 있는 센스로 분위기를 살려내신 분이셨다.

회장님의 평생 숙원사업 중 하나인 서산교육관 개관식에 초대되어 테이프 커팅식에 참석하여 회장님의 인생 설계를 들었을 때만 해도 예사로 흘려 넘겼는데…. 이제 내 나이 환갑을 넘기고 회장님이 일흔에 아홉 살 꿈을 이루시고 77에 다시 새로운 도전과 꿈을 펼치시는 모습을 맞이하며 아낌없는 존경과 찬사를 보내는 바이다.

바라건대 스스로 개척하고 일구신 인생의 양탄자 위에 글과 그림으로 수를 놓으시며 사랑하는 가족과 함께 건강하게 오래오래 행복을 영위하시길 바라며, 88/99의 기념문집 축사에도 초대되는 인연을 계속할 수 있기를 진심으로 기원해 본다.

강계섭

(하나은행 전 신림동지점장)

남편의 2집을 보면서

남편이 쓴 『일흔에 아홉 살 꿈을 이루다』(제1집, 2015)가 그해 세종우수도서로 선정되면서 조선일보에 그의 이름이 오르곤 했다. 남편은 항상 내가 단잠을 자는 새벽 시간에 일어나 7년이라는 긴 세월 동안 그의 상념의 씨앗들을 엮고 말없이 써내려갔다.

그의 노년의 건강이 항상 걱정이다. 고혈압, 심장병에 더해 최근에는 신장에까지 이상이 있어 아침저녁으로 꼬박꼬박 약을 챙겨주지만 그는 그 약이 본인을 지탱하는 줄도 모르고 글 쓰는 데만 열중이다.

글을 쓴다. 그림을 그린다. 책을 본다. 영어 공부를 한다. 세계지도를 본다. 많은 일들을 하루도 거르지 않고 하는 그이 옆에 나는 작은 수호신이 되어 항상 맴돌고 있을 뿐이다. 지금까지 그래왔던 것처럼 그를 믿고 사랑하고 있다.

솔직히 속마음은 88세에도, 99세에도 그의 저서가 나오기를 바란다. 그러나 그보다 먼저 남편의 건강이 걱정이 되는 것이 사실이다. 늘 그래왔듯 나를 항상 지켜주며 백수하기를 기원할 뿐이다.

이렇게 글재주가 없는 내가 두 번씩이나 책을 통해서 지인들에게 인사할 수 있음은 진심으로 영광이며, 남편 덕이다. 앞으로도 우리 가족을 이해하고 사랑해주세요. 두루 건강하시기를 바랍니다. 감사합니다.

아내가

아이를 키우면서 느끼는 부모님의 큰 사랑

2021년 5월 7일, 우리 넷째 아이가 태어났다. 셋째 현서와 10년 터울이고 첫째 영서랑은 띠동갑이다. 정말 늦둥이인 것이다. 진서를 키우면서 우리는 아들 셋을 언제 키웠냐는 듯 모든 게 새로웠다. 목욕시키는 것도, 기저귀를 가는 것도, 새벽에 깨는 아이를 달래는 것도 초보 부모와 다를 게 없었다. "아기를 키우는 게 보통이 아니구나!" 말하면서도 너무 사랑스럽고 즐겁다. 십여 년 전 연년생을 키우고 삼형제가 자라는 동안 얼마나 정신이 없던지 예쁜지도 모르고 지나가버렸다.

진서는 웃는 거, 먹는 거, 자는 거 하나하나가 귀엽다. '정말 낳기를 잘했다'라는 생각에 매일이 행복하다. 아이를 돌보며 느끼는 감동이 새삼스럽기도 하다.

'40여 년 전, 아버지와 어머니도 이런 감동을 느끼셨겠지.'

아이를 키우면서 부모님의 사랑을 배운다. 셋째까지는 키우는 것에만 급급해 몰랐던 부모님의 마음이 조금씩 보이는 것이다. 내가 지금 아이들과 야구와 농구를 하면서 같이 어울리듯, 잦은 출장으로 정신없고 피곤했을 아버지도 주말마다 축구를 함께 해주시고 목욕탕에도 같이 다닌 기억이 난다. 내가 아이 넷을 예뻐하듯 우리 아버지와 어머니도 나를 그렇게 사랑해주셨다.

손주는 자식보다 더 예쁘다고 아버지와 어머니는 아이들을 아낌없이 사랑해주시는 것은 물론 든든한 지원군이시다. 이제는 나와 지현이가 아닌 나와 지현이 가족, 6명의 손주들과 함께 하루하루를 살아가신다. 첫째 소민이가 시집을 가고, 막내 진서가 장가 갈 때까지 오래오래 건강하게 함께 해주시기를 바란다.

아들 김도현

나눔과 배려의 삶에 응원의 박수를!

15년간 곁에 계셨음에도 몰랐다. 아버님의 글을 읽으면서 아버님에 대해 더욱 잘 알게 되었음은 부정할 수 없는 사실이다. 그만큼 아버님은 평소 말씀이 많지 않고 과묵한 편이시다. 가슴에 담아왔던 것을 하루하루 글로 완성하신다. 그래서 아버님의 글은 진솔하고 때묻지 않은 것이다. 가족에 대한 사랑이 무엇보다 크다는 것을 아버님의 글을 읽으면 어렵지 않게 느낄 수 있다. 특히, 손자와 손녀에 대한 사랑은 다른 무엇으로도 대신할 수 없고 표현하기 어려울 만큼 깊고도 심오하다.

아버님의 글에서 문득 눈물을 훔치게 되는 것은 어머니에 대한 그리움이다. 유복자로 태어나 아버지의 자리까지 대신해주신 어머니를 가슴에 묻고 잊지 못하는 것은 어쩌면 당연한 일이다. 그런 아버님의 마음이 특히 그의 시 「엄마 생각」에 가장 잘 나타나 있다.

세상 떠난 지 18년/ 지금은/ 무엇 하는지 궁금해//
쉴 새 없이 일만 하던 시간들/ 지금은/ 무엇 하는지 궁금해//
자나 깨나 걱정만 하던 엄마 마음/ 지금은/ 무엇 하는지 궁금해//
새벽닭 울기 전에 일어나던 엄마/ 지금은/ 무엇 하는지 궁금해//
지금은/ 무엇 하는지 궁금해. —「엄마 생각」 전문

이제는 볼 수 없는 엄마가 지금 무엇을 하는지 궁금해 하며, 소리 없는 부르짖음으로 엄마를 찾는다. 모든 것을 다 품어주었던 엄마, 그 엄마를 만질 수 없는 슬픔은 손주 여섯을 곁에 둔 할아버지가 되어서도 지워지지 않는다.

올해 77세를 맞이한 아버님의 글에서 삶에 대한 인식이 더욱 확고해졌음을 발견할 수 있다. 아버님이 지금처럼 건강을 유지하면서 백세까지 손주들과 행복한 삶을 유지하시기를 두 손 모아 기도드린다. 무엇보다, 앞으로의 삶에 대해서도 나눔과 배려의 마음으로 계획을 세우시는 아버님을 존경하고 응원의 박수를 드린다.

며느리 신정아

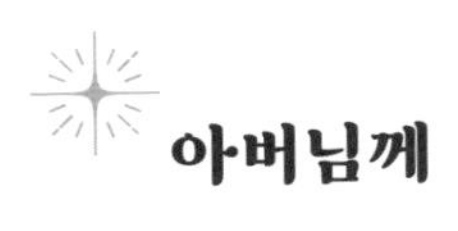

아버님께

『일흔에 아홉 살 꿈을 이루다』가 출간된 지 7년이란 세월이 흘렀고, 그간 외국 출장이다 여러 가지 바쁜 나날을 보내다 보니 지나간 세월을 돌아보지 못하고 살았습니다. 이제 아버님이 그 두 번째 책인 『일흔일곱에 나와 마주하다』를 내신다는 소식을 듣고 기쁘고 벅차 어떠한 축하의 말을 해야 할는지 모르겠습니다.

우선 진심으로 출간을 축하드립니다.

자식된 도리로 하루하루 열심히 살며 준원이, 소민이를 알뜰히 정을 주고 자식을 훌륭히 키우는 것이 최대의 효도라 생각하고 조금도 한눈 팔지 않고 그 아이들을 열심히 잘 키우고 있습니다.

요즘 준원이, 소민이도 학교생활에 적극적이고 준원이 엄마도 아이들 일에 눈코 뜰 새 없이 최선을 다하니 저로서는 이보다 더 큰 복이 없는 것 같습니다.

사나이로 태어나서 훌륭한 가정을, 화목한 가정을 위하여 몸 바치는 것 이외에 무엇이 있겠습니까?

이 소명을 다하는 것이 저의 최대의 목표이며 효도라고 생각하고 한시도 한눈팔지 않고 열심히 살겠습니다.

다시 한번 출간을 축하하며 내내 건강하세요.

감사합니다.

사위 윤정욱

사랑하는 아빠

아빠의 첫 책인 『일흔에 아홉 살 꿈을 이루다』를 출판한 후 벌써 세월이 흘러 7년이 지났습니다. 다시 2집인 『일흔 일곱에 나와 마주하다』란 책을 출간하신다고 하니 딸인 저로서는 '놀람' 그 자체일 뿐입니다. 캐나다에 오시어 계시면서도 책을 출간하기 위하여 글을 다듬고 손녀에게 타이핑을 시키는 모습을 보며 그 열정에 그저 감탄한 바 있습니다.

준원이와 소민이는 타국 캐나다에 와서 첫 1년차에는 한동안 학교생활 적응을 하기에 많은 고생과 괴로움이 있었지만, 2년이 지난 지금은 둘 다 열심히 공부를 하고 학교생활도 잘 적응을 하여 준원이는 클라리넷, 소민이는 드럼도 치며 두각을 나타내고 있습니다.

이것은 항상 부모님 걱정과 염려 덕분이라고 생각합니다. 또한 어떤 일에도 굴하지 않고 도전하시는 아버지의 정신이 저희 가정에게 큰 영향이 되어 힘이 되고 있습니다.

우리 가족이 서울이 있을 때나 캐나다에서 생활할 때나 우리에게 조그만 문제라도 있으면 아픈 몸도 마다하지 않고 해결하시는 엄마.

그리고 경험으로 우리에게 충고하시는 아빠.

이렇게 엄마, 아빠가 가까이 있어 우리는 정말로 정말로 기쁩니다.

단지 걱정이 있다면 두 분 모두 건강하게 오래 오래 우리의 곁에 있어주는 것이 우리 전체 가족의 소원임을 잊지 마시고 조심 또 조심 건강에 신경 쓰시기 바랍니다.

첫째도 건강, 둘째도 건강.

앞으로 쭉 편안하며 건강한 여생을 사시기를 바랍니다.

살아계시는 동안 우리들도 부모님 효도에 최선을 다할게요.

그리고 아빠의 두 번째 책 출간을 정말로 축하해요.

사랑합니다.

딸 김지현

사랑하는 할아버지

멍— 멍—

할아버지!

멍— 멍—

꼬리를 많이 흔드니

힘이 드네,

할아버지!

Latte 올림